ペンギンの台所

小川 糸

幻冬舎文庫

ペンギンの台所

目次

本文イラスト　榊原直樹
本文デザイン　児玉明子

走る　1月3日

あけまして、おめでとうございます。

今年も、どうぞよろしくお願いします。

今年は、早々に『食堂かたつむり』の出版を控え、私にとっても、とても大事な一年。

新春の書初めで書いた言葉は、「走る」。

これまで、のほほんとマイペースで生きてきた私ですが、今年は全力疾走してみようかな、と思っています。

まず最初は、軽くスキップから。

今年は、市川で中華料理店を営む梨花さんから届けていただいたお節のおかげで、素晴らしいお正月を迎えることができました。

最高の仲間と過ごした、最高の元旦。

本当にどうもありがとうございました！

そして今日は、富士山を見に成城へ。

残念ながら富士山は雲隠れしておりましたが、夕焼けを見ながらペンギンと飲んだカフェオレの味は、いつになくおいしく感じられました。

ピンク色の雲の向こうに、富士山があります。

昨年は、たくさんの方の励ましや愛情に支えられた年。

だから今年は、精一杯の恩返しができるよう、がんばります！

みなさまにとってこの一年が、楽しく、美しく、朗らかでありますように。

世界が平和になりますように。

生きとし生けるものが、幸せでありますように。

チョコムーン

1月7日

『食堂かたつむり』番外編として書かせていただいた短編小説、「チョコムーン」。訪れると願い事が叶うという「食堂かたつむり」の噂を聞きつけ、ある冬の日、ゲイのカップルがその場所を目指すお話です。

その旅は、ふたりにとって、秘密のハネムーン。

本編『食堂かたつむり』では触れていないエピソードを交え、また別の角度から物語を書いてみました。

これが、最新号の「asta＊」（2008年2月号）に掲載されております。

たくさんの方に、読んでいただければと思います。

なお、本編である『食堂かたつむり』（ポプラ社刊）は、今月15日頃の発売です。

こちらも、どうぞお楽しみに！

おはよう

1月10日

「女たち」「our house」「雨の日の子供たちのための組曲」「太陽のある風景」……。

タイトルだけ書き出しても素敵さが伝わってくるのは、曽我部恵一ランデヴーバンドのファーストアルバム、『おはよう』。

ふだんめったに音楽を聴かないけれど、こういう作品に出会うと、本当にうれしくて、何度でも聴いてしまう。

曽我部さんは、カッコよすぎるなぁ、と思う。

アーティストやアーティストを目指す人達にとって、ひとつの理想のスタイルなんじゃないかな。

ところどころに、娘、ハルコちゃんの声や絵が入っている。

家族を愛して、平和を愛して、理不尽なことに声を上げ、それをすべて音楽で表現していく。

『おはよう』は、ミュージシャン達に声をかけ、譜面もヘッドホンも使わず、ダビングもしないで、せーの、でそこに生まれた音をありのままに一発録りされたもの。ほとんどの曲がワンテイクでOKになり、レコーディングはたった一日。

だから、聴いていて、すごくどきどきする。

まるで、すぐそこでバンドが演奏しているみたいな緊張感があるのだ。

そして、曽我部さんの声も言葉も、ミュージシャンの奏でる音色も、すべてが優しい。

愛に満ち溢れている。

「おはよう」って言葉が、今までより何倍も増して、素敵な響きに聞こえてくる。

それからもう一枚、おすすめのCDが、ｃｈｉｅさんの最新作、『ilha de sol』。

彼女もまた、生きることと歌うことが直結している人。

女の悲しみや遣《や》る瀬無《せな》さ、喜び、強さ、そういうものが、全部声に込められている。

単身、ブラジルに渡ってレコーディング。

辛い思いもたくさん味わいながら、それでも太陽の匂いのする作品を生み出すｃｈｉｅさんて、すごい！

しかも、ジャケットは自身のヌードだしね。

食堂かたつむり、発売

1月14日

私の書いた小説『食堂かたつむり』（ポプラ社刊）が、いよいよ、発売になるのでお知らせします。

衝撃的な失恋とともに、声を失った主人公・倫子は、ふるさとに戻り、実家の離れで一日に一組だけのお客を招く食堂を始めます。

名前は、「食堂かたつむり」。

そして、倫子の作る料理は、食べた人を変えていくとともに、彼女自身をも変化させます。

登場人物は、エルメス（豚）、熊さん、ネオコン、おかん、そして、食堂かたつむりを訪れるたくさんのお客達。

辛い境遇にありながらも、ただひたむきに料理と向き合う倫子の姿に、私自身が励まされながら作品を書きました。

がんばっていれば、きっといいこともあるよ。

そんなメッセージがお伝えできれば、と思っています。

スピッツの草野マサムネさん、ポルノグラフィティの岡野昭仁さんからは、心温まる素晴らしい帯の言葉を頂戴しました。

私の、自信作です。

ぜひ、読んでください！

確実に本屋さんに並ぶのは、17日くらいになると思います。

そして私の頭の中は、すでに、次の作品のことでいっぱいです。

次回作に向けて、がんばります！！！

帯

1月20日

今まで、本の帯なんて、気にしていなかった。

カバーも、たいていは外して本棚にしまっていた。

随分と申し訳ないことをしたものだと反省する。

今回、『食堂かたつむり』につけてくださった帯は、装丁家の大久保さんが、ランチョンマットやテーブルクロスをイメージして紙を選んでくださったのだという。

本当に、本の装丁というのは、紙質とか栞《しおり》の色とか、読者が気づかない部分にまで、気を配って作られている。

それがよくわかったから、私も、帯ひとつまで、もっともっと大切に扱おうと思う。

ある編集者さんが、帯をカバーの内側にかけてしまっていらしたので、私も、これからはそうやって本棚にしまうようにしよう。

ペンギンが、出版のお祝いに、靴をプレゼントしてくれた。
主人公「倫子ちゃん」（りんごちゃん）にちなんで、りんごシューズ。
もったいなくて履けないけど、いざという時の、勝負靴にしようかな。

食べてはいけない！　1月24日

森枝卓士さんの、『食べてはいけない！』を読む。

宗教や地域によって、食べてはいけないとされる、さまざまなタブー。

虫の幼虫や昆虫を食べる人々をえーと思うけれど、向こうからしたら、鯨や馬刺しなんて、えーと思われる。

動物の中でタブーが多いのは、豚だとか。

逆に、タブーが少ないのは、羊だそう。

おもしろかったのは、旧約聖書の教えを忠実に守ろうとするユダヤ教徒の食生活と、インドのジャイナ教における菜食主義。

なんと、厳格なジャイナ教徒の主婦は、料理に、ニンニクや玉ねぎも使わない他、夜に料理を作らないという。

理由は、ニンニクや玉ねぎを食べてしまうとその植物を殺してしまうことになるから、夜火を使うと虫が飛んできて虫を殺してしまうから。

本当に、いろんな人がいる。

ちなみに私は、一時期ベジタリアンになろうと思ったけど、気がついたら、元に戻っていた。

今夜の夕飯は、しゃぶしゃぶ。

野菜は、小松菜、ほうれん草、それに贅沢《ぜいたく》して、エリンギ、舞茸。

お肉は、豚肩ロースの薄切り。

たっぷりの昆布だしを用意して、そこでしゃぶしゃぶ。

山盛りの野菜を食べる。

つけだれは、オリーブオイルに、梅干、柚子胡椒、塩、粒マスタードなどを、好みで合わせていただく。

最後は、うどん又はきしめん。

お肉と野菜からいい塩梅《あんばい》のダシが出て、たっぷりあった汁が、最後にはなくなっている。

食べるって、永遠の謎。

というのが、本を読んでの感想。

ペリカン　1月27日

浅草へ。

友人に、ディープな場所を案内してもらう。

雷門の前での待ち合わせまで時間があったので、ペリカンに行く。

ここのパンが、とにかくおいしいらしい。

午後4時頃行ったら、店の外にまで長蛇の列。

背伸びして中をのぞくと、店というよりは、工場のよう。

しかも、店頭にパンはなく、奥の棚に、予約らしき名前付きの袋がずらりと並んでいる。

おそるおそるお店の方に尋ねたら、

「もうすぐ焼き上がる中ロールだったら、これからでも買えます」とのこと。

数分待って、焼きたての中ロールをゲット。

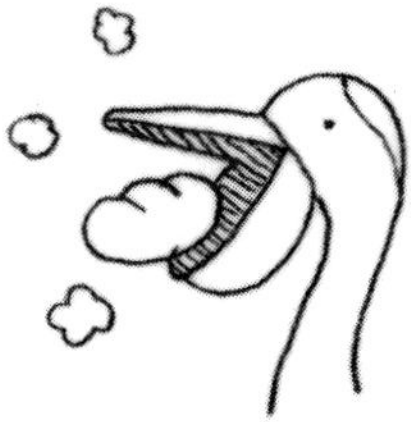

外に出て、そのままホカホカのロールパンにかじりつく。

おいしい。

別に、天然酵母とかそういうのではないのだろうけど、とにかく、究極のふつうのロールパン。

生地がみっしりしていて、イーストの香りがほのかに漂い、その場で5個全部食べられそう。

お肉屋さんのコロッケとかあったら、多分そうしていたと思う。

かろうじて残った2個を、翌朝、温めてかぶりつく。

幸せの味。

案内していただいた浅草は、奥が深すぎて、一日では消化しきれない。

これからじっくり時間をかけて、熟成させよう。

とにかく、世界に、こういうお店があることが、奇跡というか、すごいことだと実感する。

浅草への行き帰りに、電車で読んだ『ベーコン』(集英社)。

井上荒野さんの作品で、食いしん坊なら、きっと好きだと思います。

美しい装丁は、『食堂かたつむり』と同じ、大久保伸子さんによるもの。

おススメです。

バードウォッチング

2月1日

あぁ、バードウォッチングに行きたい。

まだ数回しか正式なバードウォッチングに参加したことがないから、「趣味」と公言するのは控えているけれど、じつは、バードウォッチングがとても好き。

双眼鏡の使い方がわからないし難しいので、私はもっぱら、肉眼専門だけど。

でももしひとつ双眼鏡を買うなら、スワロフスキーのを買おうと決めている。

あんまりバードウォッチングに行きたくなったので、近所にある、ニワトリの家を見に行った。

私が住んでいる世田谷区には、まだ畑や古い民家があって、そこの家では、放し飼いでニワトリをたくさん飼っている。

特にニワトリに気に入られている木があって、そこには、ぼん、ぼん、ぼん、と、ふくよかなニワトリが止まっている。

白、茶色、光沢のあるグリーン……。

どの子も毛色がよく、ふっくらと太って貫禄がある。

たまに、道路にまで飛び出している。

猫は大丈夫なのかな？　と心配していたら、同じ敷地内で、猫も放し飼いにして飼っていた。もしくは、野良猫か。

しかも、一匹の猫を二羽のニワトリが取り囲み、すみに追いやっていた。

ここのニワトリは、完全に猫より凶暴だ。

このニワトリって、食べたりもするのかな？　とぼんやり考えながら、しばらくニワトリ達をながめてきた。

でも、やっぱり飛んでいる鳥が見たい！

バードウォッチングの雑誌から、原稿の依頼でも来たらいいのに。

あんまりバードウォッチングに行きたいので、帰りに、近所の雑貨屋さんで、鳥グッズを買う。

ノートと紙ナプキン。

見ているだけで、ちょっとした、バードウォッチング気分。

雪

2月6日

今日は、一日中本を読んで過ごす。

窓の向こうは、小雪になったり、綿雪になったり、みぞれになったり。

一時は、陽のさす中の、お天気雪になっていた。

夕方、ようやく宮部みゆきさんの、『名もなき毒』を読み終える。

昨今ニュースを賑わせている事件が頭をよぎる。

ラストの終わり方がよかった。

私は、雪が降ると、中学生の頃の通学路を思い出す。

歩いて、30分くらいの距離だったと思う。

夜寝ている間に雪が積もると、歩道がないので、真っ白い車道を歩く。

私は、毎朝友だちと待ち合わせをして、一緒に学校に通っていたのだけど、ただ一言二言

言葉を話すのにも寒いから、本当に必要なことしか会話をしない。

うつむきがちに、もくもくと歩いたのを覚えている。

雪国の人の気質というのは、こういう所に由来するんじゃないだろうか。

傘の上に、こそこそと雪の積もる音がして、足元では、雪を踏むたびにきゅうきゅうと雪が鳴く。

それが好きだった。

会話をしないのだから一緒に行かなくてもいいんじゃないかと思いそうだけど、それでも、毎朝必ずいっしょに学校へ行っていた。

一度だけ、私が朝寝坊をして約束をすっぽかしてしまい、その子を泣かせたことがあった。

確か、高校生の時だ。

結局その子とは、小、中、高と同じ学校に通っていたので、十年以上、通学路を共にしたことになる。

今、どうしているかな？

雪道を歩くのは大変だったけど、それでもやっぱり、雪が降るとホッとする。

雪の匂いが懐かしくて、何度も窓を開けて、雪の匂いを確かめている。

カフェ・ド・シンラン

2月8日

先日、2月6日の日本経済新聞・夕刊に、文芸評論家・北上次郎氏による『食堂かたつむり』の書評が掲載されました。

また、最新号の『ソトコト』、スローフードニュースのページでも、本を取り上げていただいております。

ありがとうございます。

おかげさまで、発売後数週間で、3刷を迎えました。

多くの方にご愛読いただき、本当にうれしく思っております。

昨日はその、ソトコトが運営するレストラン、カフェ・ド・シンランへ。

築地本願寺内に期間限定で作られた、憩いの台所。

ガラス張りの店内からは、あのインド様式の不思議な本堂が見渡せる。

ソトコトがやっているだけあって、環境にはとても配慮されている。

驚いたのは、メニュー。

オーガニックな食材を使ったイタリアンスタイルがメインなのだけど、壁に貼られた黒板を見ると、「うさぎ」「短角牛」「子羊」「馬肉」などなど。

お寺の中だから、もっとストイックな感じを想像していたのだけど、肉も魚も、そしてアルコールも、とても充実している。

こういうの、好きだなぁと思う。

味も、しっかり美味しかった！

大地に根付いている料理、という感じがした。

ずっと止めていたお酒を、久しぶりに口にする。

かたくなに禁欲的になるのではなく、仏教の、というか浄土真宗の、こういう曖昧《あいまい》で大らかな感じが素敵だなぁと思った。

親鸞上人も、シンランと片仮名になると、とたんにモダンな人になる。

大すきな築地市場も近いから、また行こう。

地球に負担をなるべくかけなく、けれどおなかいっぱいおいしいものを食べたい時は、もってこいの台所。さっそく、ペンギンも連れて行かなくちゃ！

ふるさと野菜

2月12日

山形の在来野菜を紹介する本、『どこかの畑の片すみで』。

山形は、在来野菜がとても多い土地だという。

だだちゃ豆があまりにも有名になったけれど、他にも、蕪《かぶ》やきゅうり、ナスなど、たくさんある。

農家の人が、代々、自分の家で種をとって、残してきたらしい。

もしも、最後の一粒の種をなくしてしまったら、もう、その野菜は地球上に二度と現れない。

絶滅してしまうのだ。

そういう、地域に根ざした種を残そうというのは、とても素敵なことだと思う。

その土地に合っているわけだし、苦味や辛味など個性的なものが多いから、料理=文化が発達する。

子供の頃なにげなく口にしていた野菜がとても貴重なものだったなんて、大人になるまで気付かなかった。

じつは、山形で生まれ育ったのに、山形のことを、私はあまりよく知らない。

でも、遠く離れて暮らすようになって、少しずつ、ふるさとのよさを発見する。

すごく遠い未来に、山形を紹介するガイドブックみたいなのが作れたらいいなぁ、なんて思う。

今日はその、ふるさと野菜、チヂミ菜を使って、燻製《くんせい》カキのソテーを作る。

チヂミ菜は、文字通り葉っぱがちりちりに縮んでいて、生だと薄い緑色なのだけど、ゆがくと、鮮やかな力強い緑になる。

癖がなくてほんのり甘く、春の味がした。

サイン本

2月15日

書店さんにご挨拶へ。

はじめて、本にサインをする。

私の名前は、どう工夫しても、崩して書きようがない漢字。

マジックで、なんだか小学1年生のようなサインになってしまう。

でも、がんばって書いてきた。

サインは全部で3種類あります。

どなたか、ぜひ嫁入り先になってください。

初サインです。

有隣堂アトレ恵比寿店のみなさま、応援していただき、本当にどうもありがとうございます！

京都へ

2月24日

約4年分の500円玉貯金を握りしめ、京都へ行ってきた。

7泊8日、スーツケースを引っさげての、ちょっとした旅。

今回は、すべて外食。

一応、キッチン付きの宿に泊まったのだけど、せっかく京都にいるのだし、気になったお店に、あれこれ出向く。

そこで、自分の好みがよくわかった。

ただ雰囲気だけのお店や、働いている人に愛想のないお店、ファッションばかりに気が回って料理に集中していないお店、そういう所は、食べているとだんだん寂しくなる。

舌は（頭は）、一生懸命おいしいと思おうとしているのに、胃袋が、ぜんぜん喜んでいない。

せっかくの素材が、可哀相だなぁと思った。

逆に、たとえ店構えは高級ではなくても、お店の人が素敵で、すごく料理に愛情を持っていると、もっともっと、食べたくなる。

胃袋が、本能で喜んでいるのがよく伝わる。

事前に調べたり教えてもらったりして色んなお店に足を運んでみたけれど、そして、京都はやっぱりおいしいものがたくさんあって感動したけれど、中でも素晴らしいと思ったのは、赤垣屋さんと、山ふくさん。

赤垣屋さんは、居酒屋だ。

とにかくお店に流れている空気感がすばらしくて、料理も、どれも絶品だった。

お店の人の気配りがすごくて、毎晩でも、この店に通いたくなったほど。

山ふくさんは、お昼にお邪魔したのだけど（夜もやってます）、こちらも、お母さんの作るおばんざいの数々がおいしくておいしくて。

店の入り口にアルバイト募集の貼り紙があって、東京だったらなぁ、と半分本気で残念に思う。

結局、お店って人なんだね、というのが、今回の旅で、私とペンギンが得た結論。

赤垣屋さんも山ふくさんも、心意気があって、そこにいるだけで、うれしくて、幸せになる。

そういう人の作る料理は、無条件でおいしいことがわかった。

料理は愛情だ、なんて聞きあきた言葉だけれど、自分が受け身の立場になって、やっぱりそれしかないんだなぁと、実感する。

山ふくのお母さんが、帰り際、お店の葉書をくれたのだけど、そこには、すでに切手が貼ってあった。

そういう心遣いに触れたのが初めてで、私はいまだに、その葉書を見ると、おいしかった記憶と優しさを思い出して、泣きそうになってしまう。

ずっと大事に、宝物にしよう。

どうか、赤垣屋さんも山ふくさんも、これからもずっと続いていきますように。

本当に、いろんなことが勉強になる旅だった。

看護師さん

2月26日

『エキスパートナース』に、本を紹介していただいた。

これは、看護師さん向けの、看護専門情報誌。

パラパラとページをめくってみると、「摂食・嚥下・口腔ケア」や、「人工呼吸器〝換気モード〟早わかり」など、本当に専門的な内容。

同じページに紹介されている他の本はというと、『透析ナーシングQ&A』『がんの在宅ホスピスケアガイド』『疾病管理ハンドブック』。

よのなかには、いろんな雑誌があるんだなぁ。

そして、こういう場でも『食堂かたつむり』を紹介していただけたこと、本当に光栄だと思う。

思えば、約2年前、『食堂かたつむり』の原稿を、第1回ポプラ社小説大賞に応募したのだった。

もしこれがダメだったら、そろそろ書くのを諦めた方がいいのかなぁ、と思っていた。

結果は大賞はおろか、最終選考にも残れなかった。

それでも、声をかけてくださった編集者さんのおかげで、たっぷりと時間をかけて編集し、こうして形にすることができた。

本当に、本当にぎりぎりの所で書くことの糸を繋《つな》いでいただいたように思う。

賞をとれなかったのは、私が自惚《うぬぼ》れないように神様が配慮してくださったのだと思うし(しかもあの時点の実力では、それに匹敵しなかったと思うし)、でも、書くことは続けていいよ、っていうメッセージをくれたのだと勝手に解釈している。

無名で新人で賞にも縁遠い私の作品が、今、多くの本屋さんに置いていただいているのも、こんなふうに、みなさんが優しく応援してくださるからだ。

こういう気持ちになる時、私は、必死に料理を作った主人公・倫子のこころに、近づくことができる。

何か、たったひとつのことでいいんだと思う。

続けることが大事なんだなぁ、って思う。

だから、私みたいな例もあるから、今、結果が出なくて悩んでいる人も、もしかしたらもう少し続けたら、小さなご褒美がもらえるかもしれない。
そのことを、本の内容とは別に、伝えられたらうれしい。

ケータイ

2月28日

京都・東山三条にある、尾上竹材店。

竹で作られた製品を数多く取り扱っているお店で、探していた物とやっと出会える。

ケータイお箸《はし》。

それまでも、箸箱に入れて準備は整えていたのだけど、箸箱だとどうしても小さなバッグに入らなかったり、面倒な気持ちが生まれて、なかなか、常に持ち歩く、までには至っていなかった。

それで、ケータイお箸は、コンパクトなサイズに限る、と思っていた。

これは、お箸の中央で、ちょうど二つに分離するタイプ。

聞くところによると、もとは、登山用に開発されたものだとか。

使う時はくるくるとネジを回すようにして繋げ、仕舞う時は、半分の長さにして、筒の中へ。

これだと、バッグのちょっとしたスペースの中にも入れられるし、持ち歩くのも負担にならない。

私の場合は、携帯電話は持っていないから、「ケータイ」といえば、お箸のこと。

これからケータイお箸をお求めになる方は、ぜひ、このタイプのお箸をおすすめします。

お箸とケースが別売りなので、長い時間をかけて吟味したかいがあった。

私のお気に入りの一品です。

ＰＳ
食事に夢中になると、つい、お店にお箸をそのまま置いて帰りそうになります。
どうぞ、お忘れになりませんように。

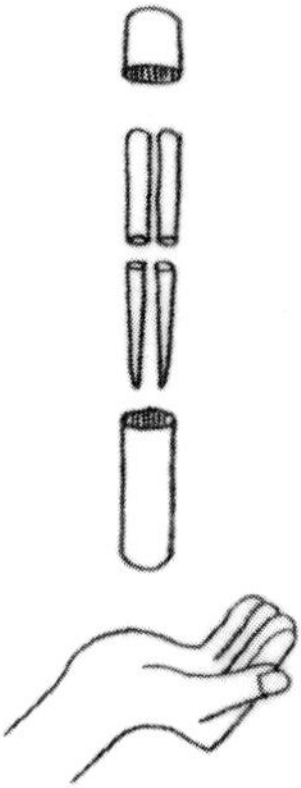

決意　3月3日

昨日の朝日新聞に、大きく広告を出していただきました。

ありがとうございます。

新聞にもある通り、6刷になりました！

無名の新人のデビュー作にもかかわらず、こんなふうに応援していただけるのは、この上ない幸せです。

うれしいのは、近所のお店の人達が、応援してくれていること。

よく行くイタリア料理店では、お店のレジの前に、本を置いてくれていた。

いっつも豚コマしか買わないお肉屋さんでも、本が好きそうな人に紹介してくれている。

素敵な品揃えの雑貨屋さんでも、妹さんのお誕生日プレゼントにと、自分のと合わせ、2冊も買ってくれた。本当にありがとうございます！

次回作の出版のスケジュールが決まり、そろそろ正面から新しい作品と向き合う。

まずは決意を書こうと、お習字を。墨をすっていると、なんとも心がストンとする。

書いた言葉は、「集中」「気合」「覚悟」の3つ。『食堂かたつむり』のときは、前のふたつだけだったけど、今回はそれに、「覚悟」が加わる。

食事をする部屋の壁に、3枚並べて貼った。

私としては、「よし！」という気持ちなのだけど、それを見つけたペンギンに、「討ち入りみたいで、怖い」と言われてしまう。確かに……。

でも、次の作品が私の手を離れるまで、このままにしておこうと思う。

書いている時は、イメージトレーニングとして、心の中で、ナイフを研ぐ。

よく切れるように、ピカピカになるように。

ナイフは、物事の皮を上手にめくるために使う。

十代の頃、近しい人に、「マシュマロナイフ」だと言われたことがある。

マシュマロだと思って食べると、中にナイフが入っている、という意味らしい。

私自身は、ナイフを隠しているつもりはないんだけど……。

討ち入りじゃないけど、がんばろう。

おひとり様　3月4日

ミーティングや仕事の打ち合わせで外に出て、なんだか頭がハイになってこのまま家に帰ってもなぁ、という時、以前だったら一人で入るのはカフェだった。

雑誌に出ていたり友人のお勧めのカフェを訪ねて、一人カフェオレを飲んでのんびりしたり。

だけど最近は、そういう小洒落《こじゃれ》たカフェより、居酒屋の方へと足が自然に向いてしまう。

最初はペンギンと行って下調べをし、よさそうだな、と思ったら、次回、おひとり様デビューする。

私が好きなのは、客層がよくて、料理がおいしく、タバコを吸っている人がすくない品のよい居酒屋。

そういうお店は、たいてい、創業何十年という歴史がある。

ほとんど飲めないけれど、一人の時は、熱燗《あつかん》を頼む。

そして、少し贅沢な肴《さかな》を数品オーダーし、ゆっくりと堪能する。

誰かと一緒だと話に夢中になって周りの様子が見えないけれど、一人だと、人間観察ができる。

隣の人の職業、向こうに座っているカップルの関係、アルバイトの女の子に恋人はいるか？　いろいろ、楽しい想像が働く。

そして、そんな私も、誰かから観察されているんだろうな、と思うと楽しくなる。

伝統のある居酒屋は、たいてい5時からだから、ゆっくり居ても、7時くらいに帰宅できる。

その頃には、すっかり頭もクールダウン。

おなかは7割くらい満たすにとどめてあるので、家でお茶漬けなどをかきこむ。

私の中に住んでいるおじさんが、すっかり幅をきかせている。

ラジオ　3月7日

ＮＨＫへ。

ラジオ収録にうかがう。

じつは、私の特に苦手なことが二つ。

一つは、写真を撮られること。

そしてもう一つは、人前で話すこと。

この二つは、考えただけで胃がシクシクするくらい、どうしようもない。

だけど、ラジオ。

がんばったよ。

番組は、ＮＨＫラジオ第一放送、「ラジオあさいちばん」（5：00～8：30）内の「著者に聞きたい本のツボ」というコーナーです。

3月22日の放送予定。

私が出るのは、6：13〜6：25くらいだそうです。

また、放送終了後に一定期間、サイトでもインタビューが聞けるそうです。

早起きが苦手な方は、ぜひこちらで。

『食堂かたつむり』のこと、私の料理に対する気持ちなど、たどたどしく話してきました。

ご興味のある方は、ちょっと朝早いですが、眠い目をこすりながら聴いてください。

自給自足

3月8日

最新号の『自休自足』で、「保存食のススメ」のページを担当させていただきました。

「糸通信」にも一度紹介した鳥味噌を、更に進化させたレシピです。

鳥味噌以外にも、「ふき味噌」「そば味噌」「ゆず味噌」「トマト味噌」「だし味噌」を紹介してあります。

気の向くものがあれば、作ってみてください。

それから、おすすめは、そばがきです。

鳥味噌を使ったお料理を一品、ということで作ってみたのですが、そばがきは、本当に保存食に最適。

そば粉と水さえあれば、簡単に作れます。

難しいのは、粉と水の割合だけなので、今回紹介しているレシピでやったら、絶対にうま

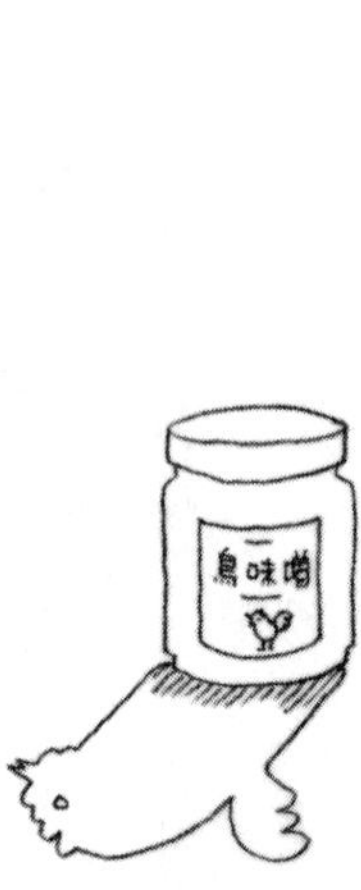

くいくはずです！

そばがきは、鳥味噌をつけてもおいしいですが、私は、黒蜜ときなこをかけたり、小豆《あずき》をかけたりして、デザート風に食べるのも好きです。

彼氏がふらりと遊びに来て、おなかすいたなーとかいう時に、何にもないんだけど、って感じでさらりとそばがきを作ったりしたら、かなりいい感じになれるのではと思います。

私も、仕事で疲れたわー、という時、よくそばがきを作って食べています。

合わせて、「とっておきな本」のコーナーで、『食堂かたつむり』を紹介していただきました。

ありがとうございます。

今号にも、すてきな記事が盛りだくさん！

自分の足元を見つめながら、身の丈にあった暮らしをしている若い人たちが、いるんですよね。

毎号、本当にこころが洗われます。

お茶

3月9日

今日は、月1回のお茶のお稽古へ。

ずいぶん、空気がぬるくなっているのを感じる。

春らしく、白っぽい着物で出かける。

頭がぱんぱんで気忙《きぜわ》しい日々を送っている時こそ、背負っている荷物をすべて置いて、一服のお茶を味わうことが大事なんだと、何年もお茶をやっていて、今日、ずしんとそのことに気づく。

ちいさなお茶室に、世界のすべてがあるってこと。

私はまだ、そのほんの入り口しか知ったり感じたりしていないけれど、お茶の世界って、本当に素敵だなぁ、と思う。

決して、お金持ちの嗜《たしな》み事ではなくて、心が貧しくなりそうな時こそ、お茶の世界に帰りたい、と思った。

梅が満開。

あんまり開きすぎると、ガハハハハ、と声を上げて笑っているみたいで、私は、おちょぼ口でホホホホホっていうくらいの、咲きはじめが好きだなぁ。

外を歩いていると、方々からいい香り。

これからペンギンに、おみやげにいただいてきたお菓子で、お茶のお稽古。

今年、お茶会デビューを果たしたいらしいので。

小説すばる　3月14日

最新号の『小説すばる』に、エッセイを書かせていただきました。

「あの日にタイムスリップ」というコーナーです。

私にとっては、人生に大きな衝撃を与えられた、9年前の飛行機ハイジャック事件。

たまたま、その飛行機に乗り合わせたのですが、その時のことを書きました。

ぜひ読んでください。表紙もかわいらしいですね。

つい数ヶ月前も、自分が『小説すばる』に原稿を書くなんて思ってもいなかったので、ただただ驚きます。お声をかけていただき、ありがとうございました！

今日は、雨。

さらさらとした、春のにおいのする雨です。

体ケア

3月15日

おだやかな土曜日。

朝、ヨガール。

青い空を見ながら、手足を伸ばす。

週に一回ヨガに通っているだけで、体がずいぶんリラックスするのを感じる。

ちょっと疲れたりすると、あぁ、ヨガやりたい、と思う。

他に、週一回、近くの公民館（のような所）でやっている、ピラティスにも通っている。

こちらは、ペンギンも一緒。

ピラティスの頭に「ビューティー」がつくので、さすがにおじさんは、ペンギン一人だけだけど。

体のためにしていることは、他に、一日一食はなるべく玄米を食べる。

アルコールも、もうほとんど飲んでいない。
あとは、すごく疲れたら、温泉に行く。
へとへとになるまで、岩盤浴で汗を流す。
20代の時は特に気にしなくても体調が維持できたのに。
30代になったら、意識して体ケアをしないとダメになった。
今日は、窓を開けていても気持ちがいい。
桜、咲いちゃうかも。
絶好の、お洗濯日和だ。

言問橋

3月18日

東京大空襲のドラマを見る。

先週も他のチャンネルで、石川光陽さんというカメラマンを主人公にすえた番組をやっていた。

彼が実際に残した33枚の写真は本当に悲惨なものだった。

63年前、32万発の焼夷弾《しょういだん》が落とされて、東京が火の海になった。

事実としては知っていても、同じ東京に住んでいるのに、きちんと意識してこなかった自分が恥ずかしい。

昨日のドラマを見ていても、生き残るのも、死ぬのも地獄だと思った。

被害にあった人それぞれ全員に、身近な人が愛情を持ってつけてくれた名前があって、物語がある。

私が想像できるどんな悲しみを持ってしても、及ばない。

言問橋《こととい》に残されている、黒い染み。

これまでただ何気なく渡っていたあの橋に、そんな悲劇があったなんて。

戦争って、人間のやる最低のことだと思う。

ドラマを見終わってチャンネルを変えたら、イギリスのブレア元首相が出ていて、その発言とさっきまで見ていたドラマとの落差に、頭がぼぅっとした。

同じことを、いまだに続けている人間って、どうなんだろう？

あの空襲で無念の気持ちで亡くなった方々の未来に私達は今生きているけど、この姿を、どう思うのかな。

今夜もドラマがあるので、見よう。

そして、そんな悲劇の中にあっても、人に優しくしたり、自分が犠牲になってでも人の命を救おうとした人達がいたこと。

それが何より、すばらしいと思った。

人として生まれたことを誇りに思える世界になりますように。

かたつむりデー　3月22日

本を出版する時、松田哲夫さんに読んでいただけたら、というのが夢だった。

けれど、同じような想いの人が多く、読んでいただくのだけでも大変なのだと聞かされていた。

それが、幸運にも、松田さんに読んでいただくことができた。

そして、「王様のブランチ」で紹介までしてくださった。

テレビの放送を見ながら、私は泣いた。

本になった時も、近所の書店で平積みになっているのを見た時も、大きく新聞に広告を出していただいた時も、初めてのファンレターをいただいた時も、「よし！」とおなかに力を入れたりはして、もちろんとてもうれしかったけれど、涙は出なかった。

でも今日は違った。

テレビで紹介されたのがうれしいとか、これでもっとたくさんの人に読んでもらえる、とか、そういうのではなく。

それはもっと体と心の奥の方から、しぼり出てくるような感情だった。

十年間ずっと苦しかったこと、その間に人を傷つけてしまったり、傷つけられたり、優しくしたり、優しくされたり。

出会ったり、離れたり。

いろいろな想いが頭を巡った。

となりでペンギンも静かに泣いていた。

私はずっと、好きな作家は？　と聞かれると、向田邦子さんと答えてきた。

向田さんの作品や生き方に、どれだけ支えられてきたかわからない。

向田さんと私は、端っこと端っこだけれど、それでも同じ「作家」というステージに立てたことが、何より信じられなかった。

放送で松田さんがおっしゃってくださった言葉は、本当に私にはもったいなく、身のひきしまる思いだった。

松田さんの今日の言葉に報いるには、またいい作品を書くことしかない。

そしてもちろんこれは、私ひとりだけの力で成しえたわけではない。

ポプラ社販売部のみなさん、書店員さん、本を読んでくださったみなさん、いろいろな方におみこしをかついでもらって、やっとここまでやって来た。

偶然にも今日は、かたつむりパーティの日。

私は編集の吉田さんと二人三脚で作品づくりをしてきたけれど、その後ろには、多くの方々が『食堂かたつむり』に力を貸してくださっている。

その方々を招いて、私から感謝の気持ちを伝えようと前々から計画していたのだった。

私も、少しだけ料理作りに参加する。

放送が終わって、フライパンの中の材料を炒めながら、また、涙がこぼれる。

本当に、本当にありがとうございました。

今は、『食堂かたつむり』の背中を、がんばれよー、と声をかけながら、遠くから見送っている気分です。

次回作も、がんばって書きます。

ココファーム

3月25日

日曜日、雑誌の取材でココファームへ行ってきた。

私がうかがうのは2度目。

ココファームでは、知的な障害のある人達が、支援者らとともに、世界に誇れる国産の自然派ワインを作っている。

彼らとともに時間を過ごすうちに、だんだんよくわからなくなった。

誰が「健」やかで、ふつう「常」なのか。

何が賢く、何が愚かなのか。

ひとつはっきりわかったのは、彼らは言葉を知らないのではない、ということ。

言葉にもならない感情をもてあまして、じっとそれに耳を傾けているように、私には思えた。

こころみ学園の創立者、川田昇さんのお嬢さん、池上さんに、たくさんの素敵なエピソードをうかがった。

雑誌では、そのことを伝えきれないのが、どうにも淋しい。

池上さんはとてもチャーミングで、考え方がすばらしくて、私はいつまでも話していたくなった。

いつか、こういう人達を取材して、本にできたらなぁ、と思う。

池上さんが教えてくださった園生達の数々のエピソードは、私達が今を生きる上でとてもためになるものばかりだった。

ロケバスで東京に戻ってくる時、だんだんビルの明かりがたくさんになって、私は、この景色って、本当に人間が夢見て実現させた世界なのかな？　と思った。

電車の中でみな同じような表情をしている人達と、さっき出会った喜怒哀楽の激しい人達と、どっちがどうなのか、またわからなくなる。

結局、私がやりたいことと、ココファームが目指しているところは、同じなのだ。

この記事は、『ソトコト』6月号（5月はじめ発売）に掲載される予定です。

男の料理　3月26日

最近ペンギンが、忙しい私を見かねて、料理を作ってくれる。

昨日は、まぐろ丼だった。

中トロをサクで買ってきて、表面を湯引きし、お醤油に浸けて寝かせたもの。

ご飯の上に、一面、バラの花びらをしきつめたような、きれいなピンク色のまぐろがのっている。

まさにトロトロで、おいしかった。

私だったら、絶対にトロは買わない。

ヅケは赤身だと思っているから、ペンギンが、新しい世界への扉を開いてくれたことになる。

しかも、中トロを湯引きしよう、なんて思わないだろう。

人が作ってくれる料理って、これだから素晴らしい。

他にも、蕪とおあげの炊いたん（ちゃんと蕪の葉っぱも入っていた！）、なめことお豆腐のお味噌汁。

残った蕪と蕪の葉っぱで、浅漬けまで作ってくれた。

お味噌汁のお豆腐は、絹。私だったら木綿を入れる。

家の中で料理を作る人が一番長生きするという話を聞いたことがあるけれど、これからはペンギンも、自分の体調に合わせて、食べたい料理を、好みの味付けで食べられるようになるのかも。もちろん、台所の主導権は、永遠に私だけど。

蕪とおあげの炊いたんが、思っていたよりずっと早く火が通ったらしく、本人としては、蕪が柔らかすぎて悔しかったらしい。

でも、そこには私には絶対出せない味があって、それはそれで本当においしかった。

自分が料理を作る立場になると、相手にとって、おいしいのかおいしくないのか、がすごく気になる。

そして、一言、「おいしい！」と言われるだけで、作る過程で生じた苦労や面倒など、パッと吹き飛ぶ。

そんなことで、人は毎日だって料理を作ろうという気持ちになれる。

インタビュー

3月28日

よく考えたら、『食堂かたつむり』で雑誌のインタビューをしていただくのは、今日が初めてだった。

アドリブとか全然できないし、気の利いたことも言えないので、インタビュアーの方に随分とご苦労をかけてしまったのでは、と心配になる。

そして、帰り道にようやく、あ、そうか、そういうことを答えればよかったのか、と思いだして、またまた反省。

私は、ずっと物語が書きたいと思ってきたけれど、本を出したい、と思ってやってきたのではないなぁ。ただ「作家」という肩書きが欲しかったのとも違う。

本を出すだけなら、自費出版とかあるし。

たくさんの人に自分の書いた作品を読んでもらえたらうれしいけど、自分が有名になりたいのでも全くない。

生活していくのに、物語を書いていくのに、お金は必要だけど、豪華な暮らしをしたい、とか、お金持ちになりたいのでもないし。

インタビューを終えて、そんなことをぼんやり考えた。

私はすごくいい加減な人間だけど、書くことにだけは、誠実でありたい、と。

今日のインタビューは、『ダ・ヴィンチ』で、明後日は、『パピルス』。

私は、親が子どもの活躍に顔を出すのってどうかなぁと思う方なので、私も親（作者）として、出しゃばりにならず、でも確かに産んだのは私だから、そのいいバランスを見つけて話せるようになるのが、課題だと思う。

今日のインタビューでも、最中や後になって考えがまとまったりしたから、次回はもう少し、わかりやすく話せるかもしれない。

帰りのバスの中で、いただいた『ダ・ヴィンチ』を見ていたのだけど、本や作家の多さに改めて驚く。

それから、宮部みゆきさんのお姿を初めて写真で拝見し、作品から全然違う感じの方を勝手に想像していた自分自身にも、びっくりした。

あんなにたくさんの作品を、一作一作力を込めて書けるって、すごいと思う。

私を担当してくれている吉田さんに、『食堂かたつむり』の功績が認められ、社長賞が贈られたそうです。

ばんざーい！

吉田さんが手を挙げてくださらなかったら、こうしてインタビューも受けていないわけだし。

私はそのことが、今日、とてもうれしかった。

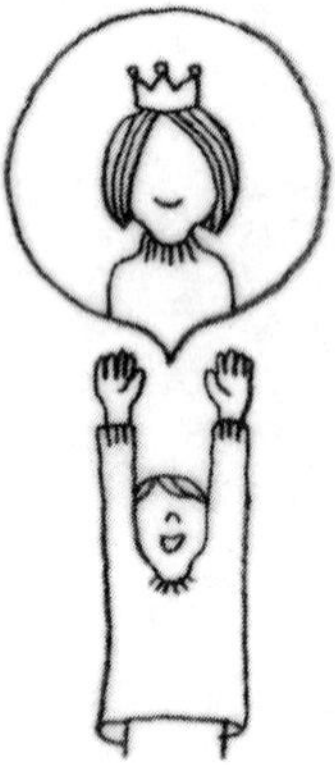

シイタケ　3月30日

ちょうど一週間前、ココファームへ取材に行った時のこと。

知的な障害のある園生達が、黙々と太い木の幹を運んでいた。

なんだろう、と思ってついて行ったら、そこは、林の中のほだ場だった。

まっすぐに立つ杉の木立の間から、細い光が糸のように降りてくるその場所に、園生達は、ビニールハウスからシイタケのほだ木を運び出し、ほだ場へ移動しているのだった。

自分に合った大きさと重さのほだ木を選んで、何往復もする。

ほだ場には、木を立て掛ける係の人がいて、その人は、運ばれたほだ木を上手に並べていく。

ほだ木にはシイタケ菌が打ちこんであり、つまり園生達は、シイタケを心地よい環境にするため、ハウスからほだ場へと移動させているのだ。

すごいなぁ、と思う。

ふつうだったら、効率よく運ぶために機械を買おうとか、ハウスの中で温度管理をすることで同じことができないか、いろいろ考えそうなのに。

お話をうかがった池上さんに、商品としてのシイタケに成長するまでに、何往復くらいするんですか？　と尋ねたら、わからないとのこと。

そんな質問自体、考えたことがないのだ。

私は何でも簡単に、数字とかを聞いてわかったつもりになるけど、本当はそうじゃないんだな、と気付いた。

だから、ココファームで作られているシイタケは、味が濃くてすごくおいしい。

小さいのもあれば大きいのもあって、形もバラバラだけど、原木シイタケって、本来こういうものなのかもしれない、と思う。

今まで、あんなふうにハウスとほだ場を何往復もして育てられたもの、というのを知らないで食べていた。

おいしいって、こういうことだ！

東京で満開の桜を見ていたら、ココファームの人達のことを思い出した。

また、会いに行きたいなぁ。

したまち

4月1日

今日から4月。
お天気も、快晴。
もうすぐ、新しい小説の連載が始まります。
舞台は、東京の下町。
タイトルは、『喋々喃々《ちょうちょうなんなん》』です。
男女が楽しげに語り合う様子、という意味の言葉です。
ぜひぜひ読んでください！
なんだか、新しい気持ちになれそうな日。
ふと窓の向こうを見ると、桜の花びらが風に舞っている。
今日は、なごりの桜を見に下町取材へ。

書店さん　4月2日

『食堂かたつむり』は、初版4000部からのスタートだった。

最初は、とにかく重版がかかることが夢で、たくさん売れ残っちゃったらどうしよう、とか、本当に次の作品を発表することはできるのだろうか？　と、そんなことばかり思っていた。

けれど、本を読んでくださった書店さんが独自のディスプレイで置いてくださったり、同じく読者の方がご自分のブログで紹介してくださったりして、少しずつ、版を重ねることができた。

今回、私の手書きポップを置いてくださるお店もたくさんあり、本当にありがたく思います。

今、10刷です。

スタート時は、私も関係者も、誰ひとり想像できなかったことが、現実に起きていて、夢のよう。

本当に、たくさんの方のお力をいただいて、ようやくここまでやって来た。

応援してくださっている皆様に、心から感謝します。

どうもありがとうございます。

赤ちゃん

4月11日

友達夫妻に、赤ちゃんが誕生した。

今日、その子に会いに行ってきた。

生後5日の女の赤ちゃん。

小さくて、かわいい。

いつも思うけれど、生まれたての赤ちゃんは、想像しているよりも一回り小さくて、びっくりする。

抱っこさせてもらうと、腕の中でごにょごにょと動くのが、何ともかわいらしくてたまらない。

これが、つい5日前までみゆきちゃんのおなかに入っていたんだーと思うと、改めて、すごいことだなぁと感心する。

お父さんになったさかきー（この本のデザイナーです）は、がんばってオムツを取り替えていた。

こんなかわいい子が家にいたら、寄り道しないですぐ家に帰ってきちゃうだろうなぁ、と思った。

つい一週間前、いっしょにお花見に行って、その時はまだ誕生していなかった、はなはちゃん。

なんだか、ぽとりと地球に落とされたしずくみたいで、いとおしい。

お母さんになったみゆきちゃんも、ほんわりとした雰囲気をまとっていて、私まで、幸せのおすそ分けをいただいて、ふわふわと浮かれた気持ちで帰ってきた。

人と人が出会い、愛し合って、そして子供が生まれるって、すごいことだ。

お誕生、おめでとう。

サイン会

4月17日

今、多くの本屋さんの店頭に、『食堂かたつむり』を置いていただいております。

全国各地の書店の皆様、本当にどうもありがとうございます！

今年1月の発売以来、少しずつ、少しずつ版を重ねることができたのは、最初に読んでくださった書店員さん達が、温かい応援をしてくれたおかげです。

先日、13刷が決まりました。

これで、12万部です。

『食堂かたつむり』が、実際にそんなにたくさんの人の手に渡っているのを想像すると、胸がいっぱいになります。

読書という旅の相手に私の本を選んでくださった読者の皆様、本当に心からの感謝の言葉を申し上げます。

『食堂かたつむり』が、読んでくださった皆様にとって、何かしらお役に立てる物語でありますように……。


そして、初のサイン会を、山形の八文字屋書店さんですることが決まりました。

私にとって、八文字屋は特別な本屋さん。

自分で買った初めての絵本も、初めての料理本も、初めての小説も、八文字屋さんでした。

だから、私に、本を読む楽しさを教えてくれたその場所で初のサイン会をさせていただくこと、感慨深く思います。

今月29日、八文字屋さんが新たにオープンさせる新店舗にて行われます。

お近くと言ってもなかなか難しいとは思いますが、もしお近くの方がいらっしゃいましたら、遊びにいらしてください。

お待ちしております！

ジュテームスープ　4月21日

本日発売の『AERA』に、ジュテームスープが紹介されました。

一番最後の、「シネマ食堂」というコーナーです。

とってもおいしそう！

フードスタイリストの飯島奈美さんは、鶏の手羽先からダシをとり、玉ねぎ、にんじん、かぼちゃ、りんごを入れて作っている。

色は、きれいなオレンジ色。

しかも、本と同じ、赤いル・クルーゼのハート型のお鍋に入れてくださった。

私が作るのより、ずっとおいしそう。

写真も素敵で、私こそがそこで食べてみたい！　と思った。

ジュテームスープを作ってみたいわ、と思っている方は、こちらのレシピを参考にされるとよいかもしれません。

同じ素材で同じ作り方をしても、決して同じ物にならないのが、料理の楽しいところ。

そこには必ず、その人らしさが出て、その人にしか出せない味になる。

これは、飯島さんのジュテームスープ。

それぞれみんなが、自分のジュテームスープを見つけて作ってくれたら、うれしいです。

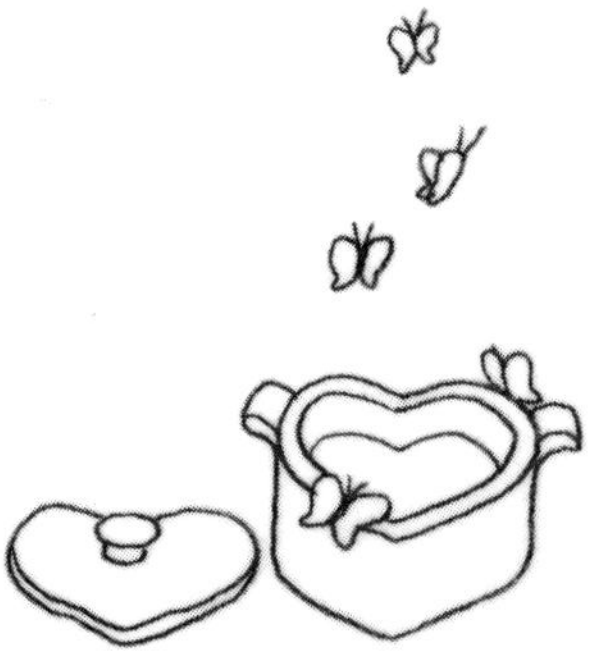

ハイビスカス　4月23日

週末、こっそり沖縄に行ってきた。

人生初の沖縄。

最初は、久々の一人旅のせいか、旅をしているのが私でないような、本体の私は東京で働いていて、薄い膜みたいなもう一人の私が、ふわ〜っと浮遊しているような、変な感覚だった。

けれど、翌日、那覇から石垣島に移動したら、それもなくなって、本体の私が、きちんと足をつけて地面を歩いている感じになった。

東京でハイビスカスに出会うたび、私はいつも、なんだかおもちゃみたいだなぁ、と思ってしまう。

葉っぱもテカテカしすぎるし、花もできすぎていて、作り物みたいに感じていた。

けれど、今回沖縄に行って、実際にハイビスカスが大地に根を下ろして風に吹かれているのを見たら、なんてきれいな花なんだろう、と感動した。

海や空が、あんなに似合う花はないと思う。

東京で見るハイビスカスはなんだか居心地が悪そうにしているのに、沖縄のハイビスカスは、楚々《そそ》とした印象で、自由で色っぽく、とてもかわいらしかった。

一人旅も、たまにはいいものだ。

なんでも自分でやらなくちゃいけないから常に責任感を保っていられるし、ふだん当たり前にそばにいる人のありがたみも見えてくる。

そして、旅って、ちゃんと帰る場所があるから楽しいんだよなぁ、ということも、今回再確認した。

海が、おだやかで優しかった。

あんな風景を毎日見ていたら、きっと心の中も大きく変わるだろうなぁ。

あの海が、いつまでも海らしく、きれいでありますように！

波照間　4月24日

沖縄ひとり旅の最終日は、波照間《はてるま》島に行ってきた。

石垣からは、船で約1時間。

最後の20分くらいは外洋を渡るので、怖いくらいに船が揺れる。

でも、そんな思いをしてまでも、行ってよかったなぁとしみじみ思える素敵な場所だった。

レンタサイクルで、海を目指す。サトウキビ畑が広がる他は、ほとんど何もない。

全くといっていいほど人にも会わず、たまにヤギや、牛がいるだけ。

けれど、坂道を下った途中で目的の海岸がちらっと見えた時は、あまりにきれいで、一瞬、自分がどこにいるのかわからなくなった。ニシ浜は、白い砂の、遠浅の海岸だ。

水が透明で、どこまでも薄く優しい青が広がっている。

こんな美しい海を見たのは、初めてだった。

ビーチサンダルのまま海に入ると、ひんやりと冷たく、気持ちいい。

日曜日のニシ浜はほとんど人もおらず、私は木陰を探して、読書をしたり昼寝をしたりして、のんびり過ごした。

それから、波照間においしいジェラートのお店があると聞いて、そこを目指す。

信号もなく、道と言っていいのかどうかわからないようなあぜ道を通り抜け、渡された簡素な地図を頼りにやっと辿り着いたそこは、星空荘という民宿の1階。

奥に立ち飲みのカフェコーナーがあって、そこで手作りのジェラートをいただける。

私はふだんあまりジェラートを食べたりしない方だけど、そこのはおいしくておいしくて、結局2回もおじゃまして、食べた。

黒糖味と、泡盛味。どちらも、幸せー、と叫びたくなるようなおいしさだった。

同じ場所で、アクセサリーなども売っていて、そのセンスもとても素敵で、私はそこの雰囲気がとっても好きになった。

波照間は、私にとって、ニシ浜とジェラートの島。

今度は、星空もセットで、また行きたい。

パピルス

4月26日

最新号の雑誌『パピルス』に、インタビューが掲載されました。

「Birth Place」という、巻頭ページです。

撮影場所は、先日の「王様のブランチ」の特集でもお世話になった、カモシカ。

友人の、オカズデザインさんの新アトリエです。

本当に、私の大好きな場所。

こんなに素敵な台所が私にもあったらいいのになぁ、と、毎回うかがうたびにほれぼれしてしまいます。

インタビュー当日は、今日みたいに雨でした。

終了後、ともさんが作ってくれたドーナツと、ひでさんがいれてくれたコーヒーがおいしかったな。

あした　4月28日

ＫＩＴＡ八文字屋店さんにて、初のサイン会を行います。
午後2時からです。
新しく開発された、嶋地区という場所だそうです。
お近くの方、いらっしゃいましたら、ぜひいらしてください。
それでは皆様、楽しいゴールデンウィークを！

ソトコト　4月30日

最新号の『ソトコト』で、「スローフード」のページを担当しました。

大好きなワイナリー、ココファームの特集です。

これは、自ら手を挙げてやらせていただいたお仕事。

ココファームの素敵さが、少しでも多くの方に伝わってくれたら、幸いです。

今回コンビを組んで一緒に取材に行ったのは、友人でもあるカメラマンの、キッチンミノル君。

青空の下で食べたお弁当、本当においしかった。

私は、基本的には物語を書いていきたいけれど、こういうノンフィクションも、挑戦していきたいなぁ、と思う。

皆様ぜひ、ココファームに足を運んでみてください！

握手

5月1日

ＫＩＴＡ八文字屋さんで行われたサイン会では、たくさんの方に来ていただき、どうもありがとうございました。

読者の方と直接お会いする機会というのはほとんどないので、とても嬉しく、温かな気持ちになりました。

励ましのお言葉もたくさんいただき、本当に感謝しております。

それにしても、短時間の中であんなに大勢の方と握手をしたのは、はじめてのこと。

私は随分と手先が冷えているのだなぁ、と、他の方の手のひらの温度と較べて、実感しました。

新しくオープンした八文字屋さんは、本当に素敵な本屋さんでした。

中にいるだけで、わくわくします。

懐かしい同級生の方が来てくださったり、以前お隣に住んでいた方が来てくださったり、私にとっても、とても印象的な人生初のサイン会になりました。

お世話になりました関係者の皆様、本当にどうもありがとうございます！

道

5月3日

ニュースでは、ガソリン税がどうのこうの、と賑やかだけど……。

私は、車を持っていないし、免許も持っていないので、ほとんどの移動は、徒歩か自転車。

その立場からすると、私は、そのお金を、なるべく車を減らすために使ってほしいなぁと思う。

たとえば、車道と別に自転車道を作るとか。

歩行者が、もっと安心して歩ける道路にしてほしいのだ。

結局、事故があって犠牲になるのは、歩行者だもの。

車は、介護とか運送とか、本当に必要な人だけが乗る社会になったら、環境にももっといいし、悲しい事故も少なくなるのに。

ところで今まで食糧にしていたものが、エタノール燃料になることで、本当に食べ物に困っている人たちが大勢いるらしい。

石油がなくなるから、今度はエタノール燃料を確保して、結局自分達だけのことしか考えないのは、どうかと思う。

もっと、車に乗らない努力をすればいいのに。

今日から、ゴールデンウィークの後半、4連休です。くれぐれも、安全運転で！

ガネーシャ

5月4日

『夢をかなえるゾウ』を読む。

頭ではわかっているのになかなかできないなぁ、ということが書いてあったり、最近のインタビューでこういうことを言いたかったのだ、ということがわかりやすい言葉で書いてあったり、次にどんな内容が出てくるのかワクワクしながらページをめくった。

主人公の「僕」にいろんなアドバイスをしてくれる「ガネーシャ」は自称・神様で、けれど関西弁のとぼけたキャラクター。

読みながら、違うのかもしれないけれど、私は『かもめのジョナサン』のことを思い出した。五木寛之先生の、『人間の関係』とも重なる部分があり、当たり前のことを当たり前にすることの大切さと難しさを感じた。

ガネーシャが残してくれた最後の言葉に、なんだか胸が救われる思いだった。

編集者さん　5月5日

最新号の「asta＊」をいただく。

『喋々喃々』の第2話が、掲載されています。

この『喋々喃々』も、ポプラ社の吉田さんと二人三脚で書いている。

作家にとって、もっとも大切な、編集者さん。

色々な人がいると思うけれど、私の場合はその人に喜んでもらいたい一心で物語を書いている。

たった一人きりで物語と向き合っている時間も好きだけれど、編集者さんと私だけが物語を知っている時間もまた、世界の秘密を共有しているようで、至福だ。

その関係は、恋愛ではないけれど、限りなく恋愛に近い。

相性のいい、息の合う編集者さんと出会えたことは、私にとって、この上ない幸運だったと思う。

私が『食堂かたつむり』の産みの親だとしたら、吉田さんは助産師さん、ポプラ社は助産院かな。

その環境がなければ、決して作品を生むことはできなかった。

吉田さんには、形あるもの、形ないもの、たくさんのギフトをいただいた。

万年筆も、そのひとつ。

出版の記念にと、プレゼントしていただいた、私の生涯のたいせつなお守り。

とてもきれいな色をした、世界にひとつしかない万年筆だ。

tocoro cafe　5月9日

仕事の帰りに、tocoro cafe さんへ寄り道。

今日はラジオのインタビューと、先日お世話になった雑誌の編集者さんとミーティング。

こういう、非日常の時間を過ごした後はなんだかまっすぐ家に帰る気分になれなくて、たいてい、どこかで頭を冷やしていく。

駅から、緑の小道をテクテク。

草が、思い思いに茂っていて、気持ちがいい。

なんとなく、インタビューで自分の言葉が粗末になっている気がして、そのことを反省しながらお店に向かったのだった。


気持ちが洗われる、安らかな場所。

お茶室をイメージさせる店内は、緊張感があるのだけれど、木の温もりが、とても優しい。

お店に入った瞬間、毎回、あぁ、来てよかったなー、と思う。


ご主人に、「ちょうど、メールをしようとしてたんです」と言われた。

私のインタビューを見て、とても勇気づけられたのだという。

私は、今日のインタビューのことがなんとなく気になってtocoro cafeに行ったのに……。

そんな言葉をいただいて、そういう人が一人でもいてくれたのなら、やってよかったなぁ、という気持ちになった。


まるでお抹茶をたてるような気持ちでいれてくださるコーヒーは、とてもおいしい。

今日はトコラテをいただいたけれど、泡が本当にキメが細かくて、口に入れた瞬間、ほっこりする。

お茶室にはなかなか行けなくても、ここに来れば、お茶室にいるような気持ちになれる。

静かな空間に身を置いて、じっくり自分と向き合って、あ、そうか、と気がついたり。

店主やお客さんと、お話したり。

きっと、私がtocoro cafeに行こうとする時は、自分がよっぽど疲れている時なのだ。

でも、行けば必ず、来てよかったなぁ、と実感し、帰り道ではまた元気になっている。
お店の雰囲気も、ご主人のいれるコーヒーも、奥様の作るお菓子も、どれも本当に最上級。

でも、今日行ってはっきりわかったのは、ここのご夫婦が、とても素敵だということ。
その心が、すべてお店に現れている。
謙虚であること、感謝すること、大変な時間こそ大切にすること。
今日も、たくさんのいいことを教わった。
信念を持って、tocoro cafe を営んでいるということ。
それが、本当にすばらしいと思う。

アルバム

5月15日

赤ちゃんが生まれた友達のところに、アルバムを届けに行った。

生まれる前日、夫妻といっしょにお花見に行った。

その時、私がカメラで写真を撮ったのだ。

満開の桜の下で、ふたりが向き合っている写真とか、笑っている写真とか、すでにほぼ決まっていた名前をお披露目している様子を、パチパチ写していた。

私は、断然、写真は撮られるよりも撮る方が好きだ。

そして、その夜中に陣痛が始まって、赤ちゃんが生まれ、助産院を退院した日の午後、今度は家族三人の写真を撮ろうと思って、家まで行った。

新米パパががんばってオシメを取り替えているのが新鮮で、夢中で写真を撮っていたら、気づくと残り一枚。

だから、アルバムの後半は、ほとんどがオシメの交換シーンになった。

でも、最後の一枚に、初々しい家族三人の姿をおさめることができた。

きっと、はなは（生まれた赤ちゃん）が思春期になったら、こんな写真を見るのは恥ずかしいと思うかもしれない。

でも、両親がこんなに必死にオシメを替えてくれたんだ、っていうのを知っていれば、本当にぎりぎりのところで、人生が曲がることもないような気がする。

今はまだ日常的な風景だけど、いつか彼女がお嫁に行く時、その荷物の中に、そっとアルバムも入れてくれたらうれしいな。

新聞

5月16日

夕刊にもトップで出ている、四川の大地震。

ミャンマーでのサイクロンといい、それまででも十分苦しい生活を強いられていた人々が、更に苦しい思いをしなくてはいけないことに、憤りを感じてしまう。

そして、最近の自然災害の規模が、どんどん大きくなっていることも、とても気になる。

自分を含めて、万単位の犠牲者が出ているのに、その感覚に慣れてきてしまいそうで怖くなる。

今回、多くの子ども達が犠牲になったことも、すごく哀しい。

だいぶ時間が経過してしまっているけれど、一人でも、助かる命がありますように。

携帯電話　5月21日

朝、ベランダでぼんやりしていたら、下の方から声がする。
「愛してるよ」
確かにそう聞こえて、ハッとした。
驚いて見ると、そこにいるのは近所の私立高校の制服を着た男子生徒だった。
いくぶん、変わった様子もない。
けれど、携帯電話を片手に、「愛してるよ」と言っていたのだ。
すごいなぁ。
サラリーマンみたいだなぁ。
いや、サラリーマンでも、朝っぱらから、「愛してるよ」とは言わないか。
時代が変わったのか、それとも私が取り残されているのか。

よく驚かれるけれど、私は携帯電話を持っていない。

今後も、持つつもりはない。

だって、必要ないのだもの。

それに、つい十年くらい前までは、ほとんどみんな、よっぽどのビジネスマンでもない限り、持っていなかったのだ。

子どもからお年寄りにまで、携帯電話がこんなにも浸透して、物の考え方とか感じ方とか、きっといろんな影響があるんだろうなぁ。

まだ、それに気づいていないだけなんじゃないかと思うと、気づいた時には後戻りできなくなるだろうし、どうなってしまうのだろう。

私は、愛の告白は手紙がいいと思う。

葉っぱの味

5月22日

ココファームから、お届けものが。

箱を開けると、葡萄の新芽だった。

「芽かき」という作業をする際、出るものらしい。

鼻を近付けると、ふわぁっと、甘い香り。

当然だけど、葡萄ジュースの匂いがする。

これは、「マスカット　ベイリーA」という品種。

中に添えられていたお手紙には、天ぷらやフリッターにするとおいしいです、と書かれている。

さっそく、ペンギンがおなかがすいたというので、おやつの時間にいただくことに。

薄力粉を水でといた衣をまぶして揚げてみる。

最後に、パラパラとお塩をかけて。

おいしい！

かすかにほろ苦さと酸味があって、サクサクしてポテトチップスみたいに食べられる。

タラの芽もおいしいけれど、葡萄の芽もまた、絶妙。

世の中に、こんなにおいしい食べ物があったとは！

これぞ、自然からのプレゼント。

ワインを作る過程ではいらなくなった芽も、こうやって大事にいただくことって、本当に素敵なことだと思う。

今気づいたけれど、この葡萄の葉っぱの天ぷら、きっとココファームのワインにとてもよく合うんじゃないかしら？

対談

5月24日

本日の産経新聞に、先日行われた対談の模様が掲載されております。

お相手は、五木寛之先生です。

大大大先輩の五木先生とのお話、しかも生まれて初めての対談ということで私はとても緊張していたのですが、お会いした五木先生は非常にお優しい方で、私は先生の話し方や雰囲気に、すっかり魅了されてしまいました。

内容は、先生のご著書、『人間の関係』に関してです。

ご興味のある方は、ぜひ探してみてください。

今日は、朝からヨガール。窓から吹き込む風が気持ちよかった。

帰りに畑に寄って、旬の野菜をいくつかいただく。

午後から雨が降るらしいので、早めにペンギンとお散歩へ。

断酒　5月31日

私がお酒を飲まなくなって、早半年が経つ。

去年の年末に、もういいや、と思って、やめてみたら、あっさりお酒と縁を切ることができた。

絶縁ではなく、ごくごくたまに、乾杯の時など、うっかり飲んでしまうこともあるのだが。

でも、本当に一口飲んだだけで、酔っぱらってしまう体になった。

つまらないでしょう、とか、料理が引き立たないんじゃないか、と心配される。

でも、お酒を飲まなくても料理は十分おいしいし、周りが酔っぱらっていると、私も飲んでいるような気持ちになる。

だらだら飲むのが苦手だから、飲んでいないと、サクッと退場できるのも、うれしい。

サイン会

6月2日

昨日、新宿紀伊國屋書店南店さんまで足をお運びくださった皆様、お暑い中、どうもありがとうございました。

たくさんの読者の方々にお会いすることができ、多くの励ましや勇気やパワーをいただきました。

ミュージシャンの場合はライブという場があるけれど、作家が読者の方に直接お目にかかれるのは、非常に稀《まれ》。

そういう意味でも、とても貴重な時間だったと思います。

人前に出たり、話したりするのは本当に苦手だけど……、サイン会の空気は、私、好きかもしれません。

きっと、短い時間だけど、1対1で、ちゃんと向き合えるからですね。

来てくださった方には、みなさんそれぞれに感謝の気持ちでいっぱいなのですが、うれしかったことは、『食堂かたつむり』を印刷してくださった印刷所にお勤めの方が、何人か足を運んでくださったこと。

「これ、うちで印刷したんです！」と笑顔でおっしゃってくださって、胸がジーンと温かくなりました。

素敵な本にしていただき、本当にどうもありがとうございます。

改めてこの本が、色々な人にとっての、幸せに向かう船であったらいいなぁ、とそんなことを思いました。

80年

6月4日

商店街を歩いていたら、銭湯の前に貼り紙が。読むと、店をたたむというお知らせだった。今でも、冬になると柚子湯をやってくれたり、銭湯を使った催し物なども、積極的に行っていた。

その前を通るとなんだか気持ちがふわっと緩み、高い煙突を見上げては、いいなぁと思っていた。

最近の原油高と、建物の老朽化が原因だという。

その辺りはまだ風呂ナシのアパートもたくさんあって、地域の人達がたくさん利用していたのに。残念だなぁ、と思う。これで、またひとつ風景が変わってしまう。

80年の歴史の幕が閉じてしまう前に、私も入りに行ってみよう。

偉大なる

6月6日

最近、ペンギンはとある作家の本をデビュー作から読みなおしている。

とにかく、ある世代の人達には特に強烈な印象を与えた、誰もが知っている大作家。

ペンギンが一番影響を受け、もっとも敬愛している人。

作品は、各国で翻訳され、世界中に愛読者がいる。

ペンギンは、新たに文庫本を買ってきて、毎晩遅くまで読んでいた。

若いころに読んだ時とまた読み方が変わるらしく、それがおもしろくて仕方ないらしい。

朝起きるとすぐに物語の話をし、確実に今、ペンギンの心を独占しているのは、その作家だ。

私はその人の代表作くらいしか読んだことがないけれど、ペンギンを見ていると、人生という旅の伴侶《はんりょ》といっても言いすぎではないくらいの、大切な人らしい。

だから昨日も、私が今「asta＊」で書いている『喋々喃々』の下町取材に行く時、お供のペンギンは、電車の中でその人の作品を読んでいた。

駅を出て、目的のお蕎麦屋さんまで歩きながらも、話題はやっぱり物語のこと。

私まで、どんどんその世界に引き込まれていく。

そして、お蕎麦屋さんに無事到着。

とても素敵なお蕎麦屋さんで、思わずニッコリしてしまう。

すると、ペンギンの様子がどうもおかしい。

それもそのはず。

なんとなんと、私達の隣のテーブルに、その作家がいらっしゃったのです！

そんなことって、あるんだなぁ。

私は、そんなに偉大なる作家なのに、作品の黒子に徹している様子が、とてもすごいなぁと感動した。

世界中で愛されている作家でありながら、驕《おご》った感じも全くなく、だからこそ、そういう作品が書けるのだと思った。

ペンギンは、まるで狐につままれたような表情で、「奇跡みたい」と呟《つぶや》いていた。

インゲン豆

6月13日

朝、「ピンポーン」。

誰かと思ってインターフォンに出ると、「はい！　はい！」と言う男性の声。

宅配の方かと思ったのだけれど、それだったら、もう少し違った風だしなぁ。

誰だろうと首をかしげた時、もしかして……とかすかな心当たりが。

ドアを開けると、やっぱりNさんだった。

Nさんは、私達が住んでいる集合住宅の隣に住む、おじいさん。

築40年位の古い日本家屋に奥さんとふたりで暮らしている。

以前は庭師として働いていたらしく、家の周りをぐるりと取り囲むようにして、植物が植えられている。

Nさんが世話をすると、同じ植物でも、表情が全く違ってくる。

植物達が、Nさんに世話をされて、本当に喜んでいるのだ。笑い声まで聞こえてきそうで、私もよく、立ち止まってNさんちの植物を見せていただく。葉っぱはつやつや、花はいきいき。人の心って、本当に伝わるんだなぁ、と思う。

そのNさんから、

「これ！」と、いきなりビニール袋を手渡された。

「今朝採れた」

ぶっきらぼうに言って、お礼を聞くのが恥ずかしいみたいに、どんどん足早に帰ってしまう。

Nさん、数年前から、屋根の上で家庭菜園をやっている。日当たりのよい物干し台を改造して、屋根の上に棚などを設置し、せっせと野菜を育てているのだ。

今流行っているような屋上ガーデニングなどとはなから違っていて、もっとどっしりと地に足のついたものだ。マンションの外廊下からちょうど屋根の上が見渡せるので、この時期は、青々としていて、見ているだけでとても楽しくなる。

袋の中に入っていたのは、ぷりぷりとした優しい色のインゲン豆。Nさんちの屋根の上で育ったものだった。

AERA　6月23日

恐れ多くも、今週号の『AERA』の表紙に登場させていただきました。

写真を撮ってくださった坂田栄一郎さん、インタビューをしてくださった小林明子さんはじめ、ヘアメイクの渋谷さん、スタイリストの岡部さん、スタジオのスタッフの皆さん、アエラ編集部のみなさん、本当にどうもありがとうございました！

初めてのスタジオでの撮影でドキドキしておりましたが、坂田さんにお会いしたら、一気に緊張がほぐれました。

素敵な写真を撮っていただき、心から感謝しております。

今日は、電車で渋谷へ。

中吊り広告に自分の顔が出ていて、びっくり！

あまり実感がないので、私のそっくりさんのような、不思議な感じ。

扇子　6月29日

浅草へ。

昨日、今日と、お富士さんの植木市をやっている。

観音様の裏から富士通りに入ってすぐのところに、和装小物のお店があった。

札入れ、煙草入れ、手ぬぐい、ぽち袋など、オリジナルで作った商品が並ぶ。

古くからある物なのに、デザインが新しくて、とても素敵。

その中に扇子があった。

昔は、男の人が、女の人用の小振りでかわいい柄のを持って、逆に女の人は、男の人用の大きめのかっこいいのを持って楽しんでいた、というのを、ご主人に教わる。

それで、私は、網の模様の、少し男性っぽい扇子を選んだ。

数年来探していて、やっと自分の扇子がもてて、嬉しくなる。

パッと開いてパタパタ扇《あお》ぐと、お香の香りのついた、なんとも風情のある風が生まれる。

みんな扇子を携帯したら、電車やバスの温度も、あんなに冷やさなくて済むかもしれないのに。

扇子って、とっても素敵な文化だと思う。

早く使いたくてうずうずしているのに、今日はちょっと肌寒いくらいの雨。

植木市で、さきいかなどを売る屋台のお兄さんが、明日は雨で人来ないからと、すごいおまけをしてくれた。

扇子を買ったお店は、「端虚堂」。

昨日は、居酒屋を3軒ハシゴ。

どの店も個性があって、奥が深い。

サイン　7月3日

下の階の部屋に暮らす奥さんが、とつぜんわが家にやって来た。

私の本を読んでくれたらしく、どうやらサインをください、とのこと。

こういうことが、多くなった。

最近は、喜んでサインする。

下の奥さんは、金太郎が寝たすきに、慌てて来てくれたらしい。

金太郎というのは、私とペンギンで勝手につけたあだ名で、本当は違う。

金太郎は、よく泣く赤ん坊だった。

朝から晩まで、泣き声がマンション中に響くほどで、おかあさんは、大変だなぁと思っていた。

そんな金太郎も、近頃はヨチヨチ歩きをするようになり、泣くのではなく、笑うことを覚えはじめた。

奥さんは、お料理がとても好きで、いつも下の階からいい匂いがする。

今日はカレー、その前の日はとんかつとか、何を作っているのか、すぐにわかる。

ふだん本を読まないんですけど、これはスーッと読めました、と言ってもらえると、とても嬉しくなる。

何もお渡しするものがなくて、と、サインと交換に、家にあった紫タマネギと飴を持ってきてくれた。

奥さんのおなかには次の赤ちゃんがいて、金太郎も数ヶ月後には、お兄ちゃんになる。

そんなふうに、読んでくれた方と繋がることができるのって、幸せなことだ。

明日は、恵比寿の有隣堂アトレ店でもサイン会。

日本で一番多く『食堂かたつむり』を売ってくれているお店です。

お近くの方は、ぜひお立ち寄りくださいね。

紫タマネギは、薄くスライスして、なまり鰹のフレークとあえて、ポン酢とごま油をかけていただく。

サインがそんなものに化けて、私もにっこり。

夏　7月6日

先日のサイン会も、たくさんの方に足をお運びいただき、ありがとうございました！

直接お声をかけていただいたり、お手紙をお渡しすることができ、私としても、とても幸せな時間を過ごすことができました。

ただ今、有隣堂アトレ恵比寿店さんでは、私の本棚が再現されています。

特に大切にしている20冊を紹介させていただきました。

ポップも私が書きましたので、ご興味のある方は、ぜひ見に行ってみてください。

そして、できたてホヤホヤの今月の「asta＊」。

そろそろ、本屋さんに並びます。

表紙は、夏らしく、白でさわやか。

パコと魔法の絵本　7月15日

試写会へ。

『パコと魔法の絵本』を見に行く。

パコは、記憶が1日しか持たない女の子。

毎日同じ絵本を読んで暮らしている。

それは、7歳のお誕生日にお母さんがプレゼントしてくれた大事な絵本。

寝てしまうと昨日までのことはすっかり忘れてしまうから、パコにとっては、毎日がお誕生日。

これは、『下妻物語』や『嫌われ松子の一生』の、中島哲也監督の最新作。

CGが至る所に使われていて、これだったら、ハリウッド映画にも全然負けていない、いや、それよりもずっとずっと内容が濃く、面白かった。

登場人物も設定も奇想天外なのだけど、随所随所でほろっとする。
笑わせてくれるところもたくさんあって、展開が早く、少しも画面から目が離せない。
泣くもんか！　と思って構えて見ていたけれど、最後はダメだった。
いい意味で、バンバン期待を裏切っていく感じが、見ていてとても楽しかった。
大人も子供も夢中になって感動できる、素敵な映画です。

はぶた　7月27日

お茶のお稽古へ。今日は、葉蓋《はぶた》のお勉強。暑い時期、水さしの蓋に葉っぱを用いて、涼を楽しむ、というもの。なんてことない趣向かもしれないけれど、私はこの、「葉蓋」がとても好き。ちょっと、とぼけている感じがいいと思う。

昔の七夕は、里芋の葉っぱに溜まった露を「天の川」のしずくと考えて、それで墨をすってカジの葉に和歌を書き、字の上達などを願ったとか。

それが、江戸時代頃から、カジの葉っぱではなく、短冊や色紙に願い事を書くようになった。葉蓋に用いる葉っぱも、本来はカジの葉。

だけど最近は、それに近い大きさと形のものであればいいという。

センセイが、ちょうどよい葉っぱを見つけてきてくださった。

葉蓋のお稽古が巡るたび、あぁ夏が来たなぁ、と思う。

夏休み

8月9日

暑さとの戦いの日々。

クーラーもつけずに仕事場でひぃひぃいっていたら、ペンギンが扇風機を買ってくれた。

マイナスイオンも出るのだとか。

朝、ヨガに行ったらさすがに生徒はふたりだけ。

先生に、マンツーマンで指導をしてもらう。

汗をいっぱいかいた。

北京オリンピックも始まったことだし、私も気合いを入れ直そう。

夏休みの予定は、特になし。

仕事の合間に、ひたすら読書して過ごしている。

今読んでいるのは、松井今朝子さんの『吉原手引草』。とっても面白いです。

ラブコト　8月17日

坂本龍一さんが責任編集をされている『ラブコト』に、ショートストーリーを書かせていただきました。

とても短い作品なので苦労しましたが、私にとっても、とても好きな作品になったように思います。

タイトルは、『おっぱいの森』です。

ご興味ある方、手にとってご覧くださいませ。

いろいろな方が登場されていて、とても充実した内容です。

私もその場に参加できて、光栄です。

食

8月24日

素敵な冊子を送っていただいた。

「食・地の座」というもので、姫路の人達が作っている。

温かみのあるイラストが満載で、すべて手書き。

内容は、地元のおいしいものや、食に関する情報など。

懐かしいのに、新しくて、こんなに質の高いものを自分達で作ってしまうなんて、すごいなぁ、とびっくりした。

じつは先週、取材で岐阜に行ってきた。

知らない土地を訪ねたり、お話をうかがったり、そういうことを仕事としてできるなんて、なんて有り難く、幸せなことだろう。

帰りに多治見に寄ったのだけど、そこでいただいた「ころうどん」がまたおいしかった。

「ころ」とは、地元の言葉で、「冷たい」ということらしい。
でも、東京で食べる冷やしうどんとも趣が違って、しみじみおいしかった。
信濃屋さんというお店。
つゆの濃さの加減を聞きに、いちいちおじさんが出てきてくれて、優しかった。
いつかまた食べに行きたい。
今日は、山形の桃が届いた。
桃って、見ているだけで幸せになる。

ともだち

9月5日

昨日は、お昼のNHKで、ココファームが生中継された。

事前に連絡をいただいていたので、テレビの前で楽しみにして待っていた。

番組がはじまる。

葡萄畑には、たくさんの葡萄が実っている。

知っている人が出ないかなぁ、と目を皿にしていると、何人も馴染みのある顔が登場して、うれしくなる。

思わず、画面の前で手を振っていた。

園生さんへのインタビューの時、スタッフさんがさりげなく園生さんの肩に手を当てていたのが、優しいなぁ、と思った。

インタビュアーの人に、そんなに早口で喋らないでー、と思いながら、園生さんが無事に答えられることを必死で祈る。

言葉のひとつひとつに重みがあって、なんだか胸が熱くなった。

こころみ学園の人達を、私は勝手にともだちだと思っている。

ひいき目かもしれないけど、とっても素敵な中継だった。

これで、今まで知らなかった人達にも、こころみ学園の素晴らしさが伝わって、みんなが

もっとココファームのワインを飲むようになったらいいなぁ。

辺銀さん

9月10日

念願の辺銀食堂に行ったのは、今年の4月。

その時は、辺銀さんとお話したいなぁ、と思いつつ、こっそりひっそり、ひとりで食事をして帰ってきた。

すると今度は、持ち前の行動力で友人のオカズ夫妻が辺銀食堂へ。

すっかり親しくなって、7月には、上京していた辺銀さんご一行を招いて食事会をすることに。

その時、私も料理人として参加した。

そしてすっかり、私は辺銀さんのファンになった。

愛理さんは、なんだか太陽のような人。

私が持っていないものをいっぱい持っていて、そばにいるだけで元気になる感じ。

いっしょにいると、笑いっぱなしで、おなかの筋肉が痛くなってしまう。

今日、ゆうがた、そういえば、と思って本屋さんに行ってみた。

そして、最近出版された、『ペンギン夫婦がつくった石垣島ラー油のはなし』という本をゲット。

ご飯を食べてから一気に読んだ。

いい本だ。とっても。

なんだか、物語を読んだみたい。

みんなが幸せになれることを、楽しくやっていく。

そんな思いがいっぱい綴《つづ》られていて、途中、何度も感動して泣きそうになる。

石ラーがおいしい理由が、もっとわかった。

すごい、すごいよー！　と、石垣島にいる辺銀ファミリーまで、大声で叫びたい。

この本に出会えて、よかった。

だんまりうさぎ

9月14日

先日ふと、小学校1年生の夏休みに読んだ本を思い出した。

タイトルは『だんまりうさぎ』。

これを読んで、読書感想文を書いたのを覚えている。

その時、1年生の代表に選ばれて、お昼の給食の時間、校内放送で作文を読んだ。

読書感想文は、いつだって書くのが好きだった。

どんな本だったのかなぁ、と興味がわいて、本の森（図書館）で予約。

受け取りに行って、表紙を見た瞬間、忘れていた記憶が甦《よみがえ》ってくる。

だんまりうさぎと、おしゃべりうさぎ。

だんまりうさぎは寡黙な農夫で、一方のおしゃべりうさぎは（多分B型だ）、どんどん先に進んでいく。

読みながら、細かい所を思い出す。

おいしそうなご馳走がたくさん出てきて、わくわくした。

だんまりうさぎは一生懸命小豆を育てる。

おしゃべりうさぎは、それをすぐに料理して食べようとするのだけど、だんまりうさぎはそれで枕を作るのだった。

この本を読んで、小学1年生だった私は、一体どんな感想文を書いたのだろう？

そのことは、全く覚えていない。

今日は十五夜のお月様。

私がうさぎを好きなのは、この本の影響かもしれない。

いちじく天国

9月23日

今年も、山形から大量のいちじくを届けてもらう。
箱を開けたら！
隙間に菊が詰まっていた。
母はたまに、草間彌生さんのようなことをする。
それにしても、いちじくは見ているだけで気持ちが和む。
加熱用だけれど、柔らかいのは生でも食べられる。
ほんのり甘くておいしい。
のんびりとボサノバを聴きながら、手で細かくちぎって、きび砂糖と合わせて。
今、我が家はジャム屋さんのよう。

石垣島

9月30日

初めて石垣島に行ったのが、今年の3月。

石垣島どころか、沖縄に行くのも初めてで、しかも、ふらりとひとりで遊びに行った。

その時、きれいな海を見ながら、なんだかまたすぐに来るような気がしたのだけれど、その通りになって、明日から、今度は仕事で石垣島へ。

でも、台風の影響で、どうなるかわからない。

飛行機、飛べるのかしら？

「かたつむり」効果で、私は、雑誌の取材などで、いろいろな場所を訪ねたりできるようになった。

物語を書くこととは別に、そういう仕事ができることは、本当にありがたい。

とってもうれしい。

おにぎりかまぼこ

10月3日

石垣島より、無事に帰国。いや、正しくは帰宅。

石垣島は日本だけど、なんとなく海外旅行から戻ったような充実感だ。

今日の午前中には竹富島《たけとみ》の浜辺でぼ〜んやりしていたなんて、夢を見ているみたい。

初めて組んだ女子4人チームだったけど、初めての感じが全然しなくて、みんなでご飯をたくさん食べた。

竹富島のハンモックでみんなでゆらゆらしていたら、「学生?」「遊びに来たの?」と本気で聞かれる。

楽しくて、駅でサヨナラする時に、ちょっとしんみりした。

帰ってから、愛理ねーさんがお土産に持たせてくれた「おにぎりかまぼこ」を食べる。

これ、私の大好物。
見た目は、がんもどき？
薩摩揚げの生地の中に、黒米のおにぎりが入っている。
とっても、ジューシー。
油っぽくはありません。
石垣島に行ったら、ぜひどうぞ。
明日から、原稿書きをがんばらねば！

野菜天

10月7日

外を歩いていると、どこからともなくキンモクセイのいい香りが流れてくる。

最近の私の楽しみといえば、夕方5時からの、「篤姫」の再放送。すでに見ているのだけど、何回見ても感動する。今日も、篤姫が実の父母と別れるシーンで、ぼろぼろ泣いた。来年の大河ドラマも、また「篤姫」をやってくれたらいいのに。


夜ご飯は、野菜天ぷら。

市川で中華料理店「梨花」（とってもおいしいです！）を営むご夫婦が取れ立てのお野菜を送ってくれたのだ。

私は、天ぷらは、魚介よりも野菜の方が好き。ゴボウ、ゴーヤ、エゴマの葉っぱ、ツルムラサキ。どれも、本当においしかった！

水上バス

10月9日

浅草へ。取材。
まずは越後屋若狭に寄り、予約してあったお菓子を受け取る。
ここは、知る人ぞ知る、抹茶用のお菓子の名店。
受注のみの生産なので、ふらっと行っても買うことはできない。
とてもいい構えの、しゃんとした店だった。
月ごとにお菓子が変わり、それも、毎年変わるとのこと。
だから、今あるお菓子は、今しか食べられない。
念願の、栗きんとんをゲット。
そこから両国まで歩いて、水上バスで浅草へ。
今だけ、水上バスが運行している。

だけど両国から乗ったのは、私も含め、たったの3人だった。

便利だし楽しいし、もっとたくさんの人が利用すればいいのに。


夕方から、歌舞伎。

『忠臣蔵』を見る。

幕間《まくあい》に、ちょっと豪華なお弁当を食べ（1500円だけど）、その後、越後屋若狭の栗きんとん。

なんとも楽しい。

取材というより、観光になってしまったけど。

お弁当もお菓子も、美味しかった。

10月は他に、「もみじ重ね」と「菊焼き」があります。

でもやっぱり、せっかくなら、お抹茶と一緒にいただきたかった。

ちなみに、栗きんとんは、毎年作っているそうです。

ギフト

10月17日

雑誌の取材で滋賀県に行ってきた。

今回もまた、両手に抱えきれないほどのギフトをいただく。

取材というのは、カメラマンさんや編集者さん、私を含め、だいたい4人くらいでどやどやとうかがう。

いきなり東京から大荷物でやって来て、その人達の生活に乱入し、カメラのレンズを向けたり、話を聞いたりする。

どんな人達がやって来るかもわからないし、自分達のリズムが狂うし、本当はすごくストレスが溜まることだと思う。

私も、取材を受けた後はどっと疲れが出て、ひどい時は本当に立ち上がれなくなってしまう。

それなのに、向こうの方達は本当に温かく迎えてくださるのだ。

私達が取材をさせていただいているというのに……。

ただでさえ忙しい仕事の合間にお邪魔しているのに、車で一緒に連れて行ってくれたり、仕事の様子を見せてくれたり、宿まで送ってくれたりする。

今回も、この辺にはお昼を食べる場所がないからと、まかないを作って出してくれた。

仕事があって晩の食事を一緒に食べられなかったカメラマンさんと編集者さんには、お弁当を作ってくれていた。

翌日も、駅まではタクシーで帰りますからと言ったら、少し寄ってコーヒーでも飲んで行ってください、私達がそうしたいんです、と言ってくれて、駅まで送ってくださった。

そういうことを言うと、浅はかな人は、向こうも宣伝になるからね、とか平気で言う。

でも、そういうことじゃないんだよ。わからない人にはわからなくていいけど、全然違うのだ。

私が逆の立場で、仕事が忙しい時に、見ず知らずの人が来て、あんなふうには決してもてなせない。本当に意味のある24時間だった。

通常なら会えない人に会わせてもらったり、本来なら訪れるのが難しい場所に訪問できたり、本当に私はラッキーだ。

今日も、駅でお別れする時、本当に胸がいっぱいいっぱいになって、結局素っ気ない挨拶になってしまう。

実際の料理のおいしさを越えることはできないけれど、それに一歩でも近づけるような原稿を書いて、せめてものお返しができればいいな。

ノート　10月22日

先日の取材でノートがなくなったので、新しいノートを買いに行く。

けれど、行ったら欲しいと思っていたのが売り切れだった。

ノートはすごく大事で、書きやすさとか持ち運びやすさとかがあるから、これからは欲しいと思った時にきちんと買うようにしよう。


せっかく同じ場所でやっているので、「宮尾登美子展」を見てきた。

冒頭に日記の抜粋があり、苦しみながら書いていた日々の模様が綴られている。

書いても書いても、原稿を戻される苦しさというのは、私も身をもって経験しているから、他人事《ひとごと》には思えなかった。

宮尾さんも、血を吐き、肉を削る思いで悶絶しながら書いていたのだ。

原稿用紙に万年筆で綴られている文字が美しかった。

とても読みやすい文字を書かれる方だ。

それでも、若い頃は大きく力強く書かれているのが、年とともに、さらさらと力が抜けているような様子がうかがえて、そうなんだなぁと思った。

親交のあった宇野千代さんからのハガキなども、展示されていた。

宇野さんは、宮尾さんに文旦などのお礼をする内容が多く、ちょっとおかしかった。

先日亡くなられた緒形拳さんが宮尾さんに宛てた手紙もあり、人柄を思わせる、とても味のある文字が綴られていた。

緻密な取材ノートは、とてもとても参考になった。

愛用の着物も、すてきだった。

ちきゅう食堂　10月27日

最新号の『パピルス』が届く。

今号から、私の「ちきゅう食堂へいこう」という連載が始まる。

料理の神様の愛弟子達を探し、会いに行くという企画です。

第1回の特集は、石垣島の辺銀食堂。

2泊3日、全食辺銀ご飯というのを実行し、食材の摘み取りから同行させていただく。

私はフードライターではないし、料理評論家でもないし、料理研究家でもないし、けれど、独自の視点で、「食」というものに触れて、その感動を言葉にできたらいいなぁ、と思っている。

見本誌を見ていたペンギンが、「おいしそう」とヨダレを垂らしていた。

でも、多分読者のみなさんも含めて、「おいしそう」と想像する、その倍、おいしいです。

そして、本当に素晴らしい食堂です。

カメラマンの鳥巣佑有子さんは、食べながら、飲みながら、料理の写真を撮ってくれました。

女子4人の、本当に楽しい旅だった。

素敵な企画をいただいて、心から感謝します。

そして、辺銀暁峰さん、愛理さんはじめ、食堂のみなさま、本当にお世話になりました！

魚屋さん

11月1日

魚屋さんへ。

今年に入ってからずっと忙しくて、魚の買い出しは、ペンギンに任せていた。

久しぶりに、私が出向く。

けれど、喜び勇んで自転車を走らせたら、店の前に人だかり。

12時には開いているはずなのに、まだ商品を並べている作業中で、開く気配が全くない。

人だかりはどんどん増えて、50人くらいに。

確かに、すごく美味しくて安くて、最高の魚屋さんだけど。

そして数十分後、ようやく、どうぞ！　の声で、みんながいっせいに中になだれ込む。

ぼーっとしていると、はじき飛ばされそう。

各自ビニールを手にとり、自分で魚を詰める。

押し合いへし合い、まるで年末のアメ横のようだった。

料理屋さんをやっているシェフも大勢いて、あっという間にどんどん魚がなくなっていく。

とにもかくにも、必死の思いで鯖をゲットした。

明後日の、「うらしか」用。

友人のオカズデザインさんと、会員制の食事会を行うことになったのだ。

その第一回が、文化の日に控えている。

三枚に下ろしてもらい、塩もふってもらって、自転車で家へ。

ただ今、〆鯖中。

ベルソー　11月2日

最新号の『ソトコト』で、スローフードのページを担当させていただきました。

滋賀にある、一日二組だけのレストラン・ベルソーです。

私は、この取材を通して、本当に素晴らしい夫婦に出会うことができました。

一言一言にずっしりとした重みがあり、すべてを紹介できなかったことが本当に悔やまれます。

料理人としての真摯《しんし》な姿勢に、心から感動しました。

松田シェフの言葉は、まるで哲学者のよう。

今回は、お客役としても料理をいただきました。

一緒にお付き合いくださったのは、『食堂かたつむり』を担当してくださった、ポプラ社の吉田元子さん。

ふたりで、食堂かたつむりさながらに、夢のように贅沢な時間を過ごしました。

何もかもが素晴らしくて、未だに、ちょっと思い出すだけでも胸がじーんと熱くなってしまいます。

こんなに素晴らしいレストランを、ご夫婦で18年も続けていらっしゃること、本当に尊敬します。

私も、ぜひまた行きたいです。

うらしか　11月6日

第一回の「うらしか」、無事終了。

大好きな料理人、オカズデザインの吉岡知子さんと一緒に料理を作って、友人をもてなす。

どんな人にも同じような愛情と心構えで料理を作れるのがプロの料理人だけれど、私はやっぱり、知り合いや友人にしか、本当に真心を込めては作れないなぁ。

今年は忙しくて、本当に料理がおろそかになってしまった時期もあったけれど、こうしてたっぷりと料理と向き合う時間がもてて、心から幸せだった。

メニューは、こんな感じ。
栗のポタージュ
ポテトサラダ

柿の白和《しらあ》え
牛ごぼう煮
玉こんにゃく
お稲荷さん
ブロッコリーとキノコの煮浸し
〆鯖と、焼き〆鯖
豚の角煮
きゅうりのもろみ漬け、蕪のぬか漬け
ラ・フランスとチーズの盛り合わせ
お茶かコーヒー

食べている人達が幸せそうだったし、何より、作っている自分達が幸せだった。

少し前のプロフィールに、夢は、「平日作家、週末料理人」と書いていたけれど、まさに今回の「うらしか」で、その夢を叶えていただいた。

来てくださった皆様、支えてくれたひでさん、まなちゃん、いだっち、そして、共に作る楽しさを教えてくれたともさん、どうもありがとうございました！

フュウちゃん　11月9日

今までカンボジアのクンシアちゃんをサポートしてきたのだけど、その地域の支援が無事に終わったとのことで、今度はミャンマーのフュウちゃんのサポートをすることになった。

今、10歳の女の子。

そのフュウちゃんから、手紙が届いた。

クンシアちゃんより年が上なので、文章もたくさん書いてある。

全然読めないけど……。

でも、これがはるばるミャンマーから来たのだと思うと、じんわり心が温まる。

スタッフの方が翻訳をしてくれていて、ヤンゴンから240キロ離れたワエギドーングという村に、両親と、お兄ちゃん二人、お姉ちゃん一人と暮らしていることがわかった。

フュウちゃんは、大人になったら、学校の先生になりたい、という。

手紙の次には、絵も描いてくれた。
2階建ての、多分自分の家だと思う。
手紙って、いいなぁ。
フユウちゃんが、家族と共に、心豊かに暮らせますように！

筑紫哲也さん　11月11日

直接お会いしたことがあるわけではないけれど、その人の言葉にとても影響されて、常に自分の立ち位置のようなものを教えてくれた、大切な人。その方が亡くなって、数日が経つ。今日は、筑紫さんが最後の500日に記していた「残日録」を紹介する番組を見た。人前では気丈に振る舞われていたけれど、誰も知らないところでは、必死にガンと闘っていたことを知る。強くて、優しい人だったんだなぁと、番組を見ていて改めて思った。

いつもニコニコしているのに、断固としてひるまない。敵も多かったはずなのに、そういうものとも柔軟に向き合っていた。

筑紫さんの意志を受け継ぐ若い世代のジャーナリストが、一人でもいればいいのに。

筑紫さんが終始一貫して伝えてきたメッセージを、大事に胸にしまっておこうと思う。

悲しくて、悲しくて、ただただ涙が止まらなかった。どうぞ、安らかに。

冬じたく

11月14日

ついこの間まで夏だと思っていたら、もう冬。

夏の暑さも、冬の寒さも、苦手なのに。

だから、この冬を楽しく乗り切ろうということで、冬じたく。

コギャルちゃん達がよく履いているブーツを、真似して買った。

だけどこれは、室内用です。

大きめのサイズを選んで、中に、ビルケンシュトックの中敷きを入れると、快適になる。

今までのスリッパより、ずーっとあったかい。

我ながら、名案だと思う。

朝起きて、夜寝るまで、家にいる間はずっとこれを履いている。

それと、手袋。
犬の形で、ひらひらの耳と、目と鼻がついている。
手を広げると、中の口は赤い毛糸でできていて、めちゃかわいい。
中はフリースになっていて、こちらもあったか。
冬の散歩が、楽しくなる。
ペンギンには、渋い顔をされたけど……。

自転車

11月20日

近所の交差点で信号待ちをしていた時のこと。

目の前に、赤茶色のセダンが止まった。

開いている窓から、男性の怒鳴り声がする。

同乗者に怒っているのかと思ったら、おそらく道が渋滞していることや、その他いろんなことにイライラして、ひとりで奇声を発しているのだった。

信号が青になっても車は進まない。

それでも、その車の前に少しスペースがあった。

けれど、右に曲がろうとしている反対車線の車を、わざと通らせないようにしている。

その車が少し前に進めば、後ろの車が右折できるのに。

そのうち信号が変わって、歩行者の方が青になった。

すると、今度は歩行者が目の前を渡っているのに、わざと挑発的に車を進める。

その車は、ちょうど信号のどまんなかをふさぐ形になった。

最低のドライバーだ。

何を考えているかわからないし、前を通るのも後ろを通るのも危険だった。

こんなやつにひかれたくない、と思ったので、結局その青信号では渡らなかった。

すべてのドライバーがこういう人ばかりではないだろうけど……。


最近、私の周りでは自転車に乗る人がすごく増えている。

環境にもいいし、快適だし、すごくいいことだと思う。

けれど、車道を走らないといけないので、とても危ない。

ヨーロッパの環境先進国では、ちゃんと、車と自転車が分けて安全に通れる道路整備がされているのに。

オランダでは、政府の大臣クラスの人も、自転車通勤だというし。

道路の整備をするんだったら、車を増やすための道路ではなくて、なるべく車を減らすための道路を作ってほしい。

来年こそは、私も、かっこよくて速く走れる自転車を買いたい。

おふろ

11月25日

最近、おふろに通っている。

今年一年、時に慌ただしく仕事をしたりして、何が大事かがわかった。

健康でなくちゃ、大好きな仕事も続かない、ということ。

それで、おふろに通うことにした。

フリーパスのようなものを買うと、平日はいつでも好きな時間に入ることができる。

同じ一日でも、あぁ疲れたー、と思って終えるのと、あぁ気持ちいい、と思って終えるのとでは、全然違う。

時に体に無理をしてもらわなくちゃいけないこともあるので、おふろは、そのお礼みたいなもの。

塩サウナ、ミストサウナ、泡風呂、露天。

そこはまさに天国で、一日の終わりにそこに辿り着けるだけで、肩の力がふぅっと緩む。

慢性の肩こりも、これで少しは解消される。

すっぽんぽんになってお湯に浸かって星空なんか眺めると、あぁ生きててよかったなぁ、なんて思えてくる。

そのせいで、夜の予定はすっかり入れなくなった。

それはそうと、おふろにいる女の人達は、かなりみんなあけっぴろげだ。

逆に男性の方が、ちまちま隠したりしてそう、なんて想像してしまう。

おばさん同士のうわさ話は尽きないし、母と娘はどうしてこうもおしりの形が似るものか、と感心したり。

おふろには、いろんな発見やドラマがあっておもしろい。


そういえば、この間おふろに入ってのんびりしていたら、火災報知器が鳴った。

大丈夫だろう、と高をくくっていたら、「火災が発生しました、今すぐ逃げてください」と緊迫したアナウンス。

皆、湯船を飛び出し一目散に逃げ出した。

拭くところも拭かず、履くものも履かず、とにかく命からがら逃げだそうと、びしょびしょのままTシャツを着た時、間違いでした～、と間延びした声。
何それーっ、と憤慨していたら、いつも夜顔を合わせている人と親しくなった。
あれで、確実に私の寿命は縮まった気がする。
とにかく、今日もこれから、おふろに行こう。

犬の　12月2日

先日、ペンギン宛に、一通の喪中ハガキが届いた。

なんと、愛犬（と書いて、「まなむすめ」と読ませる）××が永眠したため、と書いてある。

ハガキの中心には、その××の生前の写真。

そうなんだ。

これって、私が知らなかっただけで、愛犬家の方の間ではすでに定着していることなのかな？

とにかく、初めての私はびっくりした。

何度そのハガキを見ても、そうなんだ、と思う私。

おでん　12月9日

4泊5日で取材旅行に行ってきた。

ただいま帰宅。

中二日は、吉田さんも一緒で、寒い中、山を自転車で走ってきた。

こんなふうに仕事で家をあけられるのも、ペンギンのおかげ。

遠くから、部屋に灯りがついているのを見つけるだけで、ホッとする。

今日は、おでんを作って待っていてくれた。

玄関の外にまで、出汁のいい香りが流れていた。

それにしても、最近、ペンギンはめきめきと料理の腕を上げている。

彼が台所に立つようになって、もうすぐ一年。

最初は大味だったけれど、だんだん繊細な味つけになって、いろいろと工夫をこらすようになってきた。


今夜のおでんも、はなまる。

私が愛用している本を見ながら作ったという。

大根も柔らかく、味がしみていて、全体的にとても品がある。

「おいしい！」と褒めると、本人的にはまだ納得できないのか、「次回はもっとがんばる」とのこと。

しかも今夜は、おでんの他に、かやくご飯も作っていた。

こっちは、人生初の挑戦。

穏やかな優しい味わいで、おかあさんの味、という感じ。

ずーっと外食が続いていたので、こういう食事が一番のご馳走になる。

あぁ、おいしかった。

ごちそうさまでしたー。

手紙時間

12月11日

時間があったので、手紙を書く。

今年は、なるべく一日一通は手紙を書きたいな、と思い、それを実行した。

どんなに慌ただしい時でも、落ち着いて手紙を書く時間くらいは、持ちたいと思う。

今日は、『パピルス』の石垣島取材でお世話になった鳥巣さんに書いた。

ふたりともメールをやっているのだけれど、用件を手紙でやり取りしている。

この間私がいただいたハガキには、たくさんの魚の種類の切手が貼ってあった。

そういうふうに切手で遊べるのも、手紙の楽しいところ。

また、どんな返事が来るのか、待ち遠しい。

自分で手紙時間を設けるようになったのは、今年一年、たくさんの読者の方から、お手紙をちょうだいしたからだ。

そして、自分が手紙を出せば、相手からも手紙が返ってくるんだとわかり、最近は、友だちにも、メールではなくあえて手紙で連絡する。

80円で、相手の玄関先まで封筒を届けてくれるんだから、すごいなぁと思う。

ポストを開けた時、自分の宛名が書かれた手紙を発見すると、やっぱりとても嬉しくなる。

ひとり忘年会　12月18日

用事があって銀座へ。大通りを歩いていたら、勝手にふらふらと足が動きだす。向かった先は、資生堂パーラー。

一人のランチなのにこんな贅沢しちゃってよいのかしら？　と罪悪感を覚えつつも、今年一年がんばった自分へのご褒美だもん、と、勇気を持ってエレベーターに乗り込む。

資生堂パーラーは、エレベーターの中から、すでに物語が始まっている気がする。

やっぱり資生堂パーラーは、私の中では、(「ちびまる子ちゃん」に出てくる、お金持ちの）花輪君ちのイメージだった。

まさに花輪君ちの晩餐会に呼ばれたまる子みたいに、ちょっと緊張してしまう。

よく考えたら、ひとりで行くのは初めてだし。

中央のテーブルに通されたら、すぐ横のカウンターで、立派な伊勢エビとアワビがうやうやしく炎を上げて焼かれていた。

あとでわかったことだけれど、あれは、伊勢エビとアワビのスペシャルカレーライスらしい。お値段、なんと1万円。

私は、ミートクロケットを4回食べる方がうれしいけど。

もちろん今回も、ミートクロケットに、ご飯をつけていただく。

ゆっくりとおいしさをかみしめながら、ひとり忘年会を楽しんだ。

この一年、私の体はよくがんばってくれた。

今日は、そのお礼。

食後は、パフェでしめる。

私は、ここのパフェが一番好きだ。

ミニというのがあって、こぶりなシャンパングラスみたいなのに入っている。

今日は迷って、今月のパフェだという、プリンパフェにした。

でも、やっぱりいつものストロベリーパフェにすればよかったかもしれない。

それだけが、いまだに心に引っかかっている。

ちきゅう食堂　第2回

12月26日

クリスマスも過ぎ、町は一気に年越しムード。
花屋さんには、お正月飾りが並んでいた。
今日はハリに行って、それからインフルエンザの予防接種も受けてきた。
今月はじめに行った取材旅行で痛めた首が、ようやく治ってきて、ひとまず安心。
一時は、どうなることかと思った。ハリの先生には、本当にお世話になりました！

今年最後のお仕事の報告は、『パピルス』です。
連載している「ちきゅう食堂へいこう」第2回は、ココファームに行ってきました。
何度足を運んでも、本当にすてきな空気に溢れています。
ぜひ読んでください。

そして年末年始は、静かに作品と向き合う予定。
物語と肩を寄せ合ってふたりきりになれる時間が、私には何よりの幸せです。
この一年、応援してくださった皆様、本当にありがとうございました。
どうぞよいお年をお迎えくださいませ。

本書はブログ「糸通信」を加筆・修正した文庫オリジナルです。

幻冬舎時代小説文庫

●最新刊
松風の人　吉田松陰とその門下
津本　陽

松下村塾を主宰し、伊藤博文、山県有朋、高杉晋作などの英傑を数多く世に送り出した稀代の思想家・吉田松陰。その驚くべき向学心と行動力で激動の時代を駆け抜けた男の波乱に満ちた全生涯。

●最新刊
剣客春秋　青蛙《せいあ》の剣
鳥羽　亮

旗本茂野家の剣術指南役をめぐる御前試合で、曰くつきの相手との対戦が決まった藤兵衛。負ければ道場閉鎖に追い込まれかねない試合に、藤兵衛は驚天動地の奇策を用意した。白熱の第八弾！

●最新刊
閻魔《えんま》亭《てい》事件草紙
婿養子
藤井邦夫

夏目倫太郎に婿入り話が持ち上がった。人柄を知りたくて聞き込みを行った倫太郎だが、衝撃の事実を知ってしまう——。事件の真相を戯作で暴く倫太郎の活躍を描く大人気シリーズ第三弾！

●最新刊
紅無《くれな》威《い》おとめ組
壇ノ浦の決戦
米村圭伍

桔梗と小蝶が浦賀水道で発見した瀕死の男。その今際の言葉、「鰐に船底を突き破られた」とは何を意味しているのか？　謎が謎を呼ぶ海賊騒動の予想外の結末に大興奮。人気シリーズ、第三弾！

●最新刊
御家人風来抄
花狩人
六道　慧

近頃、値上がり必至という蘭が評判だ。仇討ちを引き受けた弥十郎は、死んだ苗売りの男が何かを見た直後に殺されたことを突き止める。見え隠れする中野清茂の影。弥十郎に魔の手が伸びる！

幻冬舎文庫

●好評既刊
ランナー
あさのあつこ

家庭の事情から、陸上部を退部しようとした碧李。だがそれは自分への言い訳でしかなかった。碧李は、再びスタートラインを目指そうとするが——。少年の焦燥と躍動を描いた青春小説の新たな傑作。

●好評既刊
瞬
河原れん

泉美は同乗していたバイク事故で恋人の淳一を亡くし、そのショックで最期の記憶を失ってしまう。悲しみを抱えながら生きる泉美は、弁護士の真希子の手を借りて、記憶を取り戻そうとするが……。

●好評既刊
階段途中のビッグ・ノイズ
越谷オサム

廃部の危機に立たされた軽音楽部の神山啓人は、仲間といっしょに文化祭のステージでの「一発ドカン」を目指して奔走するが……。爽快、痛快、ときどきニヤリ。ラストは涙の傑作青春小説！

●好評既刊
走れ！　T校バスケット部
松崎　洋

バスケの強豪校でイジメに遭い、失意のまま都立T校に編入した陽一を待っていたのは、弱小バスケ部の個性的な面々だった——。連戦連敗の雑草集団が最強チームとなって活躍する痛快青春小説。

●好評既刊
タンブリング
米井理子

学校一の問題児・東航が、男子新体操部の大会に出るはめに！　嫌々参加していた航だったが、少しずつ新体操に惹かれていく。喧嘩っぱやいヤンキーと消極的な優等生の友情を描いた青春小説。

ペンギンの台所《だいどころ》

小川糸《おがわいと》

平成22年6月10日　初版発行
令和4年9月15日　3版発行

発行人――石原正康
編集人――永島賞二
発行所――株式会社幻冬舎
〒151-0051東京都渋谷区千駄ヶ谷4-9-7
電話　03(5411)6222(営業)
　　　03(5411)6211(編集)
公式HP　https://www.gentosha.co.jp/
印刷・製本―中央精版印刷株式会社
装丁者――高橋雅之

幻冬舎文庫

ISBN978-4-344-41480-8　C0195　お-34-3